手术刀下的墨香

一位美容外科医生的刀下情怀

杜太超 著

百花洲文艺出版社
BAIHUAZHOU LITERATURE AND ART PRESS

图书在版编目（CIP）数据

手术刀下的墨香 / 杜太超著. —— 南昌 : 百花洲文艺出版社, 2016.12
ISBN 978-7-5500-2064-1

Ⅰ. ①手… Ⅱ. ①杜… Ⅲ. ①散文集 – 中国 – 当代Ⅳ. ①I267

中国版本图书馆CIP数据核字（2016）第325902号

手术刀下的墨香

杜太超　著

出 版 人	姚雪雪
责任编辑	赵　霞
书籍设计	雨　葭
制　　作	何　丹
出版发行	百花洲文艺出版社
社　　址	南昌市红谷滩世贸路898号博能中心一期A座20楼
邮　　编	330038
经　　销	全国新华书店
印　　刷	江西华奥印务有限责任公司
开　　本	720mm×1000mm　1/32　　印张　6
版　　次	2017年11月第1版第1次印刷
字　　数	170千字
书　　号	ISBN 978-7-5500-2064-1
定　　价	32.00元

赣版权登字　05-2017-103

邮购联系　0791-86895108
网　　址　http://www.bhzwy.com
图书若有印装错误，影响阅读，可向承印厂联系调换。

序

　　作为一名职业的整形外科医生，二十余年来我的求美者是遍及全球三十八个国家和地区的华人华侨。这其中很多读者都是通过阅读我的文字成为知音、从知音读成顾客、从顾客读成美迷。

　　很多人好奇我和我的文字与众不同。

　　这其实，我也有最难忘的记忆。

　　我的外公是川北大山里一位受人景仰的名医，父亲传承了外公的衣钵，也成了我们那个小山村里很受尊敬的人。在小时候，我经常在黎明或深夜里，在火把的映衬下，和父亲一起夜行在通往深山民居的小路上。时隔久远，至今我都还记得长夜孤灯下患病人的面容和不时地呻吟声。窗户里的人家，长夜孤灯下求助的眼神，在我的少年情怀里埋下了救助的种子。

　　八岁那年，有一天，我从外公家里古色古香的书架上掏出那本《解剖生理学》，翻看到书里满是人体器官插图画时，觉得很美、很好看、很神秘，好奇极了！这本书一直珍藏在我的书房里，像形影不离的朋友，也像"传家宝"一样。对于它的情感，在翻开泛黄的书页时，眼里不时会泛着泪光。

这应该算是我最早自发的医学启蒙。

从一位翩翩少年，到嘉陵江畔的川北医学院求学者，再到长江上游的重庆第三军医大学攻读整形外科研究生，如饥似渴，一头扎进医学之美的海洋，惊讶于医学之父希波克拉底的"医生同时又是哲学家的医生，犹如众神"。

这期间，朱光潜的《谈美》、李泽厚的《美学三书》、康德的《判断力批判》、黑格尔《美学》等等，像神光一样附体，也为我的爱好加持。

现在想来，那时的岁月为我进行了这样一个不可或缺的美学熏陶。

几年前的一个上午，记得还是秋天的季节。做完一个手术，回到办公室坐在电脑前，突然，一股莫名的冲动在我的胸中涌动，如同血脉贲张，茅塞顿开。一会儿，让我自己都觉得惊奇的文字如同一股涓涓溪流从指尖流过，在屏前不断蔓延开来，带着我的思绪，进入我的内心。

渐渐地，一个自己内心世界里的江湖由此悄然成型；渐渐地，一点一点地积攒着不断浩大的容量；渐渐地，从一颗一颗的小苗不断壮大而成有时不能不面对的风景。

从一开始，我的文字见诸在我的视线里，主要还是在很多寂寥的时候想和自己进行严肃的对话，因为自己喜欢，让自己快乐在飘逸的境地里。我坦承，我的文字没有经过专业的磨砺，也没有经过旁人的指点，完全是从心里流淌出来的闪烁的沙砾。纵然粗糙，但那是经过时间长河里不同境况的洗礼而成，一切都那么自然而成，如同河床里各具形态的卵石。有时去郊外游玩，看到干涸的河床里各具形态的卵石，信手捡回一个放在书架上，每每在书房里从字里行间转移过疲劳的视线时，看到在室内散淡的灯光下映照着的石头，心头不由会想这石头是如何变成现在的这个模样？

自从我的网络杂志"美丽有约"创建以来（2004年8月），一直就成为我和无数爱美的朋友交流的信息平台。在那里，将浩瀚缥缈的时空聚焦成一个个闪光点，不时将我对人生的感悟和心灵情感用文字表达出来和朋友们分享，在润物细无声中悄悄地抚慰着她们的心灵，把一个个忧郁和消极的心灵演变成鲜活的灵动。每每从大洋彼岸的电话里传来来自网络里熟悉的音乐时，一种煮酒论英雄般的字里行间流露出的人生感悟和共鸣，表达出对一个医生的认可，不能不让我感到一种巨大的人生收获迎面而来，这是一种超然于技艺，超然于德行的收获。当我一人独处的时候，漫步在自己的精神世界里的时候，那种辛勤播种，享受收获的美丽心境，不也是一种跨越人生意义上的精神轮回么？

作为一个职业，我会不断进取，把日渐精湛的技艺回馈给无数的求美者。我更愿意将此作为一个毕生不断付出、不断收获的事业。职业可以更换，事业却无法选择。我愿意耕耘在这片充满芳香和欢歌的沃土上，缔造出不同的美丽经典，也净化着自己的灵魂。让绵延的思绪，始终飘逸在我那不懈求索的精神家园中。

每每我的文字在经过一段时间后，回头再来细看，那样的感觉就如同那一个个静卧在流水下河床里的卵石，既陌生，又感慨于时光的流水是如何将我心头的一个一个形态各异的卵石冲刷得如此温润，让我在辗转之间留恋不止、回味不尽。

我从不认为自己的文字写得好，由衷地，他们只是在写我的心，我的情。在夜深人静的时候，我常一边写，一边感动着自己。管他好不好，至少，他感动过自己。让自己在人生的江湖岸边走过时可以留下些许的痕迹，如同流水过后的卵石越发闪亮。

在夜深人静的时候，面对自己和对过往的回忆，一点一点汇集成由无数个卵石铺就的河床，隔着如梦如幻的不断变幻的流水，放眼望去，那水里的一个个卵石，构成了心底里一道暗藏心语的风景。

诚然，岁月如水，奔流不歇；心境如水，如林中溪水。

2016年初

冬于北京四季书房

目录

小城怀想

皓月当空，在中秋的夜里，看着当空的明月，洒落无数清辉，夹着秋夜里的凉意。

月光就这样照着，如同一盏硕大的街灯，驱车经过清河的岸边，河面流淌着夜里的气息，印着波光，仿佛看见三十多年前的月光照在今日的水面。

在一个无人知晓的角落里，守着月光，当一切声嚣都沉寂下来，所有封存已久的记忆便油然涌来，如同一个年少时钟情的白裙少女的身影一样乘虚而入记忆的沙场，所向披靡。

小城，一个遥远的边地，在这月圆的夜晚来到我的思绪间，在悄然地告诉我该如何对待自己的时间。在一个遥远的时空之外想念故乡，好像一切都不用设防，情感因而也就无端的放肆起来，不必多想平日里的禁忌。三十多年前的闪亮岁月于是汹涌而来。凉夜似水，漫漫长夜里的追忆令我渐渐觉出一丝浅浅的暖意。

在一个遥远的距离之外，在逝去的岁月里，我竟成了自己的观众。

盘踞在嘉陵江边的小城在我的孩提时代就进入了我悠悠的人生岁月。那里，青砖黑瓦的一片片屋顶成就了这个小城的底色，一个个如同蛛网状的街巷就是它的脉络，从山头望下去，不大的小城如同漂在嘉陵江边的一片青叶。

满城青石板铺就的小巷，烟雨蒙蒙的雨季里，穿着单薄的衣裳行于小巷的风里，远处身材修长的女子撑着橘黄色的油纸伞映衬着走出小巷尽头的剪影，好像一朵盛开的莲花。这是自童年时代就留存在小城记忆里最美的风景。街巷里那一阵阵飘来的炊烟夹着浓烈的香料味道，构成我记忆深处里的小城挥之不去的气息。

　　河堤边长着钻天的古槐，如同一把把巨伞撑着，立于骄阳之下。树荫下歇着纳凉的人们，他们的言语之间带着粗放的闲话，和着嘴里吐出的一阵阵烟雾和酒气，在临江的风里，述说着现在回想起来那时单纯年代的人间世故。

　　江边的老龙坎（防洪堤）沿江而卧，无数纤夫们多年逆江而上赤脚的磨砺留下一道道光滑的痕迹，起伏的韵律如同他们拉纤时富有张力的脊梁。不远处缓缓前行的帆船，承载着他们的寄托和无数的希望。码头的不远处，古井里的一眼清泉不停地滋滋流淌，无论河流枯水的季节还是洪水泛滥的夏季，那里始终是他们泊船后取水的地方，印证着河水不犯井水的经典传唱。

　　江边的春燕漫天飞舞，也和人们一道，日出而作，日落而歇，在夏天的傍晚，电线上栖息着满眼的燕子，一只紧挨着一只，如同珠链。一早醒来，繁忙的春燕们穿梭在江风里，叽叽喳喳的声音，将熟睡的人们一个个叫醒。

　　落日下的江河水在记忆里流淌，那原始单纯的感觉还不曾褪去，温柔的河道将岸边的行人揽进了臂弯里。

薄暮中街灯点亮，印红了半条街，光滑的石板路反射着夜色里的亮光，从远处看去，仿佛湿漉漉一片。斑驳的灯影，就在这一份湿漉漉里跳跃，人在迷蒙中走行，仿佛走进了远古的幻想。

在这月夜的思绪里，竟然在时间中急速返回，过去的笑声清亮回响，撞痛了夜晚的空气，仿佛永远停留在昔日的时间刻度里。多少次回家，经过那里的时候，看到那一栋栋高楼，让我的目光和脚步都顿然停留，蓦然回首的挥别永远是因为那张记忆里最美的底片。

由于分别，她的样子在我记忆里多年都不曾走样。在我的心里，永远不要走样!

是夜，如同所有美丽的风景，令我感到小城里的满怀柔肠，盛满了融融的月光。

心湖

在我的意识里，碧波万顷的湖面，微风吹来，烟波浩渺。那是我很喜欢的景致!

我喜爱湖。

湖是碧绿原野深情的眼睛，在弥漫着草香和泥土气息的旷野里，湖的眼神里透着迷人的光华。

湖是大漠深处戈壁的灵魂，在希望与失望的交织中蕴含着庄严的等待。只要有一泓清水，经过它身边的所有生灵都会停下寻觅的脚步，亲临滋养生命的摇篮。

湖是大山深处暖暖的心窝，湖面上升腾的蒸汽，在皑皑白雪的映衬下，将大山里飘绕的岚烟雾霭凝聚成大地浩大的盛宴。

湖是上帝赐予人类的得意创造，让大地和人之间有一种奇妙的契合。它点缀出农夫在垄上和牛一起映在湖面上的和谐画卷，是妙龄少女晨起时剔透晶莹的天然点妆，在粼粼波光里投射出她们妙曼多姿的身影。

湖是野生生灵们丰美的乐园，在一阵阵悠长鸣叫的长空下，从各处迁徙而来的候鸟们在这里嬉戏和追逐，将它们一路寻觅的他乡转眼间繁衍成温暖体贴的故乡。当一只只大雁掠过清澈的湖面腾空而起飞向远方时，湖面如同慈爱的母亲放飞着长成的雏儿，不知何时又才回到这温馨的湖面。

诚然，湖是一种美丽，更是一种情义。

为了不让大地饱尝干渴，它用淡甜的汁液和兰草的馨香一起将大地滋养。

为了人们的生活不要那么枯燥，它用流出的涓涓溪流将人们的烦恼用欢歌一路相送。

为了满天的星辰不会孤独，它用潜入水中的星子将夜空相映成双。

伴随着岁月的脚步，在不同人生时期所经历的湖面折射出不同的景致。

在小时候，那时我没有见过海，临家很近的一个小湖对我来说已经是浩然荡然的大水了。我每去一次，都要欣赏着湖里的碧波和落入水底的白云和夕阳。一见到这样的水波荡漾，脸上不由绽出天真的笑容朝着自己的影子隔水相望，惊叹于湖水的清澈美丽和自己的无知渺小。

长大以后，开阔了眼界，见过一个又一个不同的湖。使我面对着一个又一个严峻地带着神秘和野性的世界，那里已经不是我所熟悉的大水了。它们庄严而又冷静，凛然而又高耸地在各处存在。让你觉得你只能向往它，却很难有机会去亲近它。零落地成为心境里永远也不能看透的风景。

为了焦渴的生命中不能或缺的滋润，心里于是有了不断充盈的心湖。

在人生的长河里，有一湾不能看见的湖，它隐藏在我们的内心深处，用人生的风雨细流在不断地攒积着它浩大的容量，在不同的人生高度里呈现出不同的湖光山色。当我们在人生的跨度里漫步在绵延着通向湖心的溪边时，等候我们的是宁静的月夜下的无波之湖还是在微风里回音阵阵的响湖呢？

在我们的人生路途中，每当我们在迷茫中回望着藏在心间的湖时，如同在月夜的星空下临风守望着一片清风徐来水波不兴的湖面，如同看见了天上的月亮一样欣喜！

游泳的鱼：无意中看到了黄寺医院的网页，看到了杜医生的名字，我是您十多年前曾给我做过隆胸的一位女性，您可能早已不记得我了，但我永远也不会忘的。是您成功为我做了手术，让我体会到了女人该有的自信和美丽，一直到今天，效果还是很不错。心在，心湖在。

月色入眠

　　在繁华都市里，在夜里，即使是皓月当空，满眼橘黄的路灯也将妙曼的月光无情地吞没了，让路上的行者一点也感觉不到月色的朦胧之美。深感现代文明无情地夺走了本属于人们置身原乡的野趣。有月亮吧，如同多了一盏路灯；没有月亮吧，如同少了一盏路灯，匆忙的人们谁还会在意这些呢？！

　　最好的月色我当然见过，那是我在少年的乡下，地处嘉陵江岸边的一个沙洲上，夜里，临江直望，江面飘着略带腥味温润的河风，受着月光，顿时成为水银的洪流。江岸诸山笼罩着淡淡的雾气，好像不是平日看惯的那几座山峦了。月亮高高地停在天空，非常舒坦的样子。从江岸到我的脚下是一大片沙坪，月光照着，茫然一片银白。让人不知道哪里是沙滩，哪里是月光真实的存在，但还带一点儿青的味道。不知从什么地方飘来一袭莫名的香气，也许是月光的香气吧。就这么想着，我心中不起一切杂念，回过身来，看见身后的沙滩上印着我单薄的身影，于是我又重新意识到了我自己。

这几天，立秋的日子转眼就来，让人没有一点心理准备，很自然体贴地享受着秋夜里的清凉和盛满月色的清香。某夜，蟋蟀在秋夜里不知疲倦地高唱，小虫的鸣叫也如同夜色一样融入了夜里的月光，一点儿也听不到他们的声音。一道象牙白的月色射进我邻床的南窗，把窗棂印在了我薄薄的被覆上，我略微感到诧异，随即想到原来是月光。好奇地想要看看月亮，我向窗外望去，可惜浓浓的树荫已将月亮包围。

我起身下床，随即穿上衣裳，开门出去，痛痛快快地看一场这久违了的月亮。

这时的夜其实已经很深很深了，晚雾从地上的草丛间慢慢地蒸腾开来，渐渐把树木和月光一起包绕。我沿着离家很近的清河岸边的小路走着，盈盈柔水里盛满了月光，月光、水光交织在一起，分不清哪里是月光，哪里是水光，如同一群群翻腾着的鱼在这里的空间。

一个人走在这洒满月光的小路上，就这样，一个人走着，顿时让我感受到了一份甜美的孤独，一份可以享受的孤独。让我忘记了现实，好像走入了梦里，只有梦里才有的那种让人舒服的静静的意境。

走过小桥，进入到那绿树成荫的浩大的园地里。我一个人独坐在月色下一块高地的青石上，眼见星辉掩映下的城池，面朝闪着夏虫和月光的不远处的清河，竟久久不忍离去。我感觉，我入夜愈久，在如许的月光下，在宁静的长夜里，我愈能窥见我人生远处的风景和湖边传来的阵阵回响。当然，一样的带着清香的月光和激滟的水光。

月的声音我听久了，它洒在高高低低的景物上，仿佛响亮着断断续续的钟鸣，那已经不是月了，那是一口钟。

月的微光我看久了，它在空中长长短短起起伏伏地散步，好像丝丝长鸣的笛声，那已经不是月了，那是一管笛。

月的味道我闻久了，它在潮湿的空气中漫天飞舞，好似飘逸悠远独处一角的夜来香，那已经不是月了，那是一股幽香。

这样的月色如果能够多看几回，自然是愉快的事。即使不看也没有关系，月光如水，水如月光!

佚名：让人有一种身临其境的感觉，太美了，能文能武，爱岗敬业的医生，太了不起了，很佩服。第一次看到拿手术刀的医生也能写出这么好的文章。

佚名："人攀明月不可得，月行却与人相随，皎如飞镜临丹阙，绿烟灭尽清辉发。"好一个月光如水，水如月光的境界，文章细腻逼真的描写，真挚委婉的抒情，严谨精美的结构，凝练清新的语言，堪称美文! 只是背景音乐过于欢快，不大和柔和唯美的月色匹配。

百合："床前明月光，疑是地上霜。举头望明月，低头思故乡。"呵呵，窗外的一线月光引发了医生无限感慨，医生的美文与李白的《静夜思》有异曲同工之妙哦，欣赏了!

秋色共长天

秋天，又一次在我的周遭里传递时节的暗号，在秋风里，在秋露里，在传来的阵阵秋声里，在薄雾罩着向晚的草丛里。

伴随着秋日里的匆匆步伐，始终有很多在其他季节里不曾感知过的起色让我看到，让我感知，让我漫步在颜色一点点点缀的原乡里充满飘逸的思绪，回味着此前的一切和眼前对照开来，漫漫的思绪旋即随着秋风的荡漾飘然起舞。

秋，没有春天的烂漫，没有夏日的喧哗，也没有冬日的凝重，但却是我在四季里最不能怠慢的季节。沉甸甸的果实凝练着大地的造化，庄重的色彩如同织锦，拉开一个正在闪亮登场的精彩世界的帷幕。

秋，用不同的角色，纷呈地演绎出悠长的味道让人回味无穷，留恋在秋慢慢转身的角落里。

秋风，在秋天的不同时辰，也尽显不同的韵味。晨间，单薄的衣裳挂着风里薄薄的寒露，和着体温一起，成为肌肤天然的琼露。入秋午后还依然燥热的风催促着人们向往摇曳着星星点点早黄的浓荫。黄昏后一阵暗风袭来缕缕沁人的夜来香，将秋的气味毫不保留地呈现在每一个经过它气场的人们。

秋雨，在南国，往往是一场接着一场绵绵的菲雨，将人们的视线张望在雨浪的缝隙间，人们祈求着难得一见的阳光探出云端。走在秋雨里，伞外的世界和伞下的气场相映成趣。淅淅的雨声传递着秋雨里的静默，伞下的暖流温热着风中的衣襟，顿时，雨巷中摇曳的油纸伞成为人们流动的家园，平添一份依托，一份温暖的雅韵蔓延在秋雨里。

秋池里，晚风涤荡，荡起层层细浪，随着波纹将向晚的霞光扭曲成玲珑般的幻光，水中摇曳的莲荷吐尽最后的绿色，在点点滴滴的浅黄里报晓着秋色的来到。肥硕的鱼儿经不住风里气息的诱惑，跃然于水面来感受风中的气息，将平静的水面激荡出一层层波浪。无声的世界里不时浮出精灵的绝唱，将人们的视线引来，还有顽童天真的呼唤。

　　秋日山野间的溪流如同和风一般，带走瞬间的心境和当下的想象。而岸边的景色却依然在时光的变迁里秉持着固有的节奏。雏菊依旧开放在凉爽的秋风里，芦苇花飘絮在阵阵起伏的秋风中，淙淙的溪流带不走夏蝉的酣唱，早冬里薄薄的冰凌在懒洋洋的晨光里抚平暗流下的波涛。

　　沿着通往远处的路边，各种颜色树叶的叶片装点着冉冉爬起的秋色，虽然荆棘满布，长着各种植物，在静静里发现随风摇曳的芦苇花和俯身贴地的蒲公英最耀眼，它们都以无限的卑微沿着小路匍匐着传递秋色。

　　在秋色的演变里，蕴藏其间的节奏如同眼前的流雁，一声压着一声，一步接着一步。

　　于是树叶由绿而黄在秋风的摇曳下萧萧地飘落，芦苇花飞白飘满眼限，枫林的树梢栖息着斑驳的霜红，一隅的小室里秋风生凉，帘外潇潇秋雨，那就连荒野草间都充满秋声了。

一向，在秋的安闲明澈里，远胜过春天的浮躁喧腾。自读小学的童年起，我就深深爱暑假过后校园中野草深深的那份宁静和暗处阵阵飘来的夜来香。夏的尾声已逝，秋就在极度成熟蓊郁的林间，怡然地拥有了万物的丰硕。由那澄明万里的长空里白云无根，挂满天际，到秋实累累的季节，就都在你那飘逸的衣襟下安详地找到了归宿。

接着，秋用那黄菊、红叶、阵雁、秋虫，一样一样地把原乡染上了含蓄淡雅的秋色。

深深的黑：秋的成熟、热烈、深沉，让一些性情中人不忍她的离去，总是让人期盼、留恋、思念和伤感！看完这篇文章，忽然想起王维的那句诗：独在异乡为异客，每逢佳节倍思亲。

随流如风

在仲夏的夜里，墙角边小虫的鸣叫如同绵密的夜雨洒落在稀稀疏疏的景物上。不经意间却听见窗外的远处传来一阵鸟鸣，那不是小鸟的啁啾，也不像夏蝉的喧哗，而是一种遥远的呼唤，一声压着一声而来，在夜色中回荡。我好奇地放下书本，临窗远眺。

浓密的树荫，占据着清朗的夜空和月色；一轮洁白的皎月，在穿林的雾霭和充满湿气的空气中，蔓延成一圈圈微黄的光晕。就在微光下的夜色中，逆光看去，在如流的夜风中，点点野雁，成行地流过。

雁们在夜风中的滑行，如同待降的飞机。借着微光，双翼的律动已依稀不清了。只觉小小的黑影，一个挨着一个，上下微微的抖动，不断变换着的曲线在夜空中看似在流沙中游动的小蛇的身姿。在深蓝的夜空中像是片片浮萍，在海面滑浪而过。那声声的呼喊，如同欸乃的桨声搅动着比米酒还黏稠的河水。在夜色中，随着橹声呵气成歌。于夜光中每一次的振动，如同归燕的翅膀，洒落无限春光穿过冷冷的夜空传来。

这仲夏夜空中的雁阵，是启程时呼唤队友，以免在夜空中错失？还是向这盘旋了整个的夏季，做一个悄然的道别？

我常想，在雁们的心中，是上天早就给他们上好时间的发条如期启程，抑或季节的颜色会给他们一种特殊的感动；还是子承父业，口传心授，使他们学会了天理的迁徙？

他们在早春二月，落入繁华如锦的凡尘，从南方飞来北地在温馨的湖里，在芦苇丛中，做巢孵卵，待到儿女绕膝，并更换全身的羽毛，准备衣锦还乡。

当一只只小雁掠过清澈的湖面初试翱翔腾空而起时，芦花转褐的季节，在一阵阵的鸣叫声里，不断抖擞着绚丽的羽毛，他们又不得不收起鼓鼓的行囊，告别温馨丰美的湖面，彼此在一个默默约定的日子里展翅启程，飞向无尽的远方。

行前的湖面是繁忙的，热闹的，仿佛人声鼎沸的驿站和拥挤不堪送别的码头，在不安和失落中，带着暗暗的乡愁。

在银色的夜空中，雁们看着朦胧的大地，熟睡的人们，或明或暗的烟火，稀稀的川流，驾着如流的夜风，滑向茫茫无边际的夜空。然而何处是他们的起点，何处又是他们的终点呢？

或许雁们就是为漂泊而生的吧！带着幽微的孤独和洒脱。

每天的飞翔，是短暂的漂泊；春秋的迁徙，是年复一年的流浪。在不断变换的异乡，乡关何在？

他们在地面诞生，却选择天空做他们一生展翅的世界，在漂泊中成就他们的事业。

我常常不解地思考着，什么地方才是他们永恒的归宿呢？

明年早春，北雁南飞，是否还是那群南迁的北雁呢？

不具名：文如其人，信矣！我是昨日上午请您做手术的，我真诚感谢您的正直、廉洁，十分敬仰您的为人。可是我很替您担心：高标见嫉，直烈遭危；木秀于林，风必摧之；堆出于岸，流必湍之；行高于人，众必非之。您可能会因为您的高洁感到掣肘，您身边的善良者、好心人会不理解您。您得宽宏大量，若无其事地面对一切，甚至需要面对有意中伤、肆意造谣、恶意诽谤。请不要介意这些！您前面的路是平坦的、光明的！

anson：拜读后才猛然发现：原来一行行熟悉的字，码起来却给人无法言表的意境。太超，会不会是制造美丽的一定是极有深度的人？我想是的……

琪琪：文笔流畅，修辞得体。博学多才，远见卓识，言简意赅。在现在这样一个物欲横流的金钱社会里，竟然还能见到杜主任这样的性情中人，让我深深感受到了人性的伟大。

光阴的碎片

曾几何时，我们都有过饥饿的记忆。晨间匆匆果腹时落下的面包碎片，经过一天的风干残留在餐桌上，回到家里，放下行囊，一点一点用舌尖轻轻粘起在唇齿之间，那份淡淡甜美悠长的滋味，如同一袭清风掠过心间。

诚然，我们在时间的漂流中，细细品味其间的诸多情景和感受，会让我们用记忆的引线，将很多沉积在心底的许多片段，汇聚成珠连玉润般的清新溪流。

每天惯性地走在熟悉的园地里，身边的一草一木，在阵阵晚风里摇曳，夕阳透过浓荫，将斑驳的余光撒在婆娑的荷田里，影随人动，走过一圈圈的蜿蜒小径，留下无痕的印记。在不时回头的眸光里，仿佛可以发现新鲜的脚印。在逐渐远离的轨迹里，怎么也找寻不到曾经无数次留下的脚印。茫然于时间和空间交错时给记忆留下的越来越大的空缺。一旦离开这烂熟于心的环境，怎么也回想不起经过时的每一个细节和无数个瞬间经过的景物和那时伴随自己的所思所想。只能是一个个零落的记忆碎片如同春雪般飘绕在心间，不能回归到现实里的完整。

春树在春暖花开的季节里逐渐长成蓬勃的气势，经过一夏骄阳的炙热和风雨的洗礼，在秋风的点点凉意中逐渐染黄，最后在阵阵寒风的飘摇中纷纷飘落无限眷恋的枝头，一地的金黄堆积成由时间不断变迁而衍生出的层层碎片。在那一刻，时间在它们生命的长河中，零落成一点一点地碎屑附着在落叶上，让我们看见了。放眼望去，仿佛看到如同一池盈盈的时间碎片荡漾在烟雾交织的秋水里，回想起那曾经在春风中摇曳的众芳之所在，转眼间满地尽是黄金甲，掀起心底阵阵的涟漪。

无数次外出远行在山野之间，漫步其间的秀丽风景始终会成为记忆里的胶片，随着时间蔓延开来在回想的沙盘中日趋大同。唯独走在不同境地里的精神记忆和伴随的遐想是存留在胶片里闪亮的底色。一次次回想着无限的远方，带给我们无穷回味的始终是那翻开记忆胶片时跨越时空的思维碎片。在时间的长河里从远方流淌过来，从记忆深处的闸门缝隙里汩汩地流淌出来，带着时光深沉的味道。如同细细品味着一杯陈年佳酿，在敏锐的唇齿之间扩散开来。

人生的山梁起伏无常，时而阳光明媚，时而暴风骤雨。时而阳光坦途，时而蜿蜒曲折的小路让人迷茫。一路走来，在寂寞的夜路上，皎洁的月光渐渐扭曲我们曾经笔直的脊梁，微微的夜风吹皱我们一度光洁的面庞。远处的东方泛起彩霞的晨光，将如同梦呓般的经历用时光的行囊点点收藏。沧海桑田的秋风里，飘落一瓣瓣泛着沉香的光阴，滋养着干渴的饥肠和灵魂的鸡汤。无形的光阴碎片，是飘扬在我们心房里的春雪，是游荡在不断丰富的心湖里的粼粼波光。

在我们不断走过的路上，连续的轨迹始终会留下点点脚印；在时光的长河里，光阴的碎片飘落在身后的背影里，无声地落下。

人生固然会老去，就用时光的行囊，去点滴收藏那生命之树一片片落下的岁月泛黄。

感悟：光阴的碎片很快都会被遗忘，能在生命长河中留下的东西很少，能留下得肯定是我们心灵深处最需要的良药，也是最能滋养着灵魂和饥肠的鸡汤。

不具名：时光的碎片也会让记忆变得逐渐斑驳，当你能够坦然的回望过去的时候，某一个情节却会在不经意间突兀的跳出来，似乎是怕你忘记了某些珍贵的东西，时刻在提醒着你：它曾经存在过。光阴，带来的是机缘，送走的是背影，留下的会是什么呢，是泛黄的支离破碎的记忆吗……

明华之雪：我们慢慢地都会变老，可不变的是我们的时间，日出日落，朝朝夕夕。生活在大都市里，能有这份洒脱和飘逸足够了。

边地

在人生的江湖长河中，人如同一只候鸟，不停地迁徙，短暂地栖息，辗转在不同的湖面和沼地，来来往往，每经过或栖息的地方，那里都将成为他生命里一个不可忘却的驿站。在遥远的时空里留着一个又一个让我们不时回望和回味的精彩瞬间和记忆。

那依稀清晰的边地，散落在人生江湖岸边的一个又一个形态各异的记忆收藏。

小时候纵然蒙昧充斥着脑海，但在读过鲁迅先生的《从百草园到三味书屋》后，文章里的故事和一个个细节，让年幼的自己也学着去寻找藏在山间旷野里属于自己的百草园，随着年少岁月的流淌始终也不曾找到，幻想中的乐土化作了魂牵梦绕的期盼，纵然如同一颗小小的星子一般淹没在光阴世界的夜色中。天真烂漫的边地雏形，也如同滑落水中的星子，在逐渐长大的记忆里慢慢消失不在了。但靠着记忆的搜寻我总可以从暗流汹涌的水底找寻到，虽然被时间的外壳厚厚包裹，却毫不褪色。

站在时光的岸边，仰望星空，光影如箭地直面袭来。粼粼闪闪的波光在不经意间总会刺痛我们脆弱的心房，隐隐里被一阵身后吹来的微风将我的思绪悄然带回到时光隧道的深处，让我们在时光的里程中急速返回。一缕缕夕阳的微光让我的视线向远处张望，留着我们记忆和脚印的地方，那遥远的边地。

隔着一程又一程山水，经过时光的原乡，在浸满斜阳的影子里涉水而过，在一个又一个如同候鸟般迁徙和栖息过的地方，辗转迂回地一次次回味和张望。在遥远而又不知道有多远的异乡，时光的脚印被这些一一牵起。曾几何时，我们无数次地想，不停地张望，那被我们洒落在身后的边地，应该别来无恙吧。岁月的轮回，空间的伸张，将彼此的张力拉的更满，如同一只只飘扬在我们身后的风筝，因为我们手里始终牵着一丝看不见的力量而起伏有致地飞翔在沧海桑田的碧空下。

梦醒来的时候，推窗，发现天上还挂着满月，地面洒着如银的月光。好梦才成就断，努力回想，所有的情节都已隐入夜色中闲云的缝隙间，只留下我那古老的大槐树下优雅安然的回响。轻浅的脚步声，沿着时间的长廊，好像刚刚才一声一声地从我的心头踩过。

边地那里，几颗苍郁的老树屹立着，被云雾和时间洗过，洋溢着一种沧桑和坚拔的神色。我站在树梢最高处向远处张望，岚烟雾霭一波波从脚底下流淌，鸟声从远处传来，一声叠着一声。我顿时明白了候鸟的心情，候鸟很快就要飞回这里，短暂栖息，再又回到南方的湖面去吧？

暮色过后，时光的潮水也会真正离开，就让天空温柔的晚霞做一次最后的见证。有一天，如果再看到同样美丽如边地那边的晚霞，不管何时何地，我会想起，在那里，漫天红叶，阳光落了一地，一束心情，一段光阴，在暗自泛香。

眼里一寸心

奶奶离开我们二十多年了，她的样子还在我的脑海里清晰地印照着，如同一盏不断燃烧的油灯。在记忆隧道的深处，始终有一盏明灯照亮着我的内心，暖暖的，如同她站在远处不时张望着我的眼神。

奶奶是旧时的小脚女人，三寸金莲走过了她一生的路。从我记事之时起，一直留着她忙忙碌碌的影子在我的脑海里。

奶奶在娘家是长女，有四个弟弟和四个妹妹，那是一个蓬勃的大家庭，由于旧时代里生活艰苦，缺医少药，四个妹妹相继不治而去，留下她和四个弟弟长大成人。作为家里的老大，在弟弟们面前，她有着绝对的权威，帮助父母打理着一家人的生活。出嫁之前，全然没有见过爷爷的一面，全凭媒妁之言和冥冥之中命运的安排在结婚后跟着爷爷一起在嘉陵江里漂泊起来。

在我童年的时光里，奶奶为我们的不断成长勤劳地营造着养料。

还清楚地记得，夏日浓荫里，蝉鸣随着热风飘满各处，正在玩耍的我们，看见远处奶奶背着收获的高粱走来，带着草帽的面颊洒满汗水，花白的长发黏在汗渍渍的额膛上。

奶奶一生都是留着长发的，她高挑的背影和她一头花白的长发，走在夏日的竹林里，是留在我记忆里永远的剪影。

我第一次走出山外，是奶奶凭着她那双小脚带着我从小山村里走出去，第一次听到刺耳不陌生的汽笛声时，胆怯地一下子躲到她夏天里汗湿衣襟的怀里，那里，暖暖的，幼小的我，倍感安全。

随着自己的不断长大，活动的范围也就不断拓展，但每个记忆里深刻的情节，大凡都有奶奶的影子飘逸其间。

在暑期里，常和小伙伴们一起去放牛，捉鱼，到了午饭时间还不见我们牵牛回家，常常就有她呼唤着我的乳名在乡间的小路上边走边喊，在青青的田坎儿上跳动着她的小脚。现在，我还记得那回荡在我耳际呼喊的声音，经常回味着回家后狼吞虎咽地吃下她做的可口的饭菜味道。

夏天的夜里，蚊虫很多，纵然挂着蚊帐酣然入睡，也有很多被蚊虫叮咬的机会。年少时的我，一入睡就全然不知自己伸出床外的脚和不老实的睡眠动作给疯狂的蚊虫们提供饱餐的机会。经常，少眠的奶奶是我夜里不被蚊虫叮咬的守护神。在漆黑的夜里，手端灯盏，上面跃动小小火苗，偶尔在夜里被她轻轻扶弄蚊帐的动作惊醒，看见奶奶的脸印在微弱的灯光里，一股暖流顿时驱散我才成的儿时好梦。

有奶奶一起生活的日子是无忧无虑的，让我们的童年充满了欢乐和童趣。

常常有我们不曾吃过的可口饭菜经由一双干瘦的手从热气腾腾的蒸笼里端出来，常常有飘着酒香的醪糟从不知道的角落飘出来。第一次吃着她自制的松花皮蛋，拨开蛋壳一看，亮晶晶的蛋清上印着一簇簇细小的松枝图案，很生好奇，好奇没有下锅水煮的蛋怎么就可以直接生吃，味道还非常鲜美。

　　奶奶走前留给我终生都不会忘记的一幕是她张望远处的眼神，那伫立墙边，向远处不停张望着我出现的眼神，回想起来，让我揪心不已，挥之不去。

　　那是我上高中时的一个秋天，她早早就来到离家较远的一个集市，为我买好了冬天在学校要穿的内衣裤，在我周末放学回家必经的一个路口，忍着一天的饥渴，靠着墙边，不停地张望着路的远方，在夕阳快要落山的时候，看见远方的我身影由小变大，奶奶的脸上荡开了笑容。我顿时扶着她干瘦的肩膀，替她背负起她肩上所有的重量，和她一路，洒满了我们的言笑和一大一小的脚印向着回家的方向。

　　写到这里，我的视线模糊了，无法看清屏幕。顿时想起，奶奶的祭日快到了。

　　那不停燃烧的微微火苗，从灯草芯里长出来的焰光，照在我的心里，照在我前行的路上。不时有奶奶的容光映衬着，叫我不能不回想。

不具名： 在这个物欲横流的社会能给自己心灵一片宁静的天空太难得了！如此美妙的文章更是难得！邂逅美丽容易，美丽背后如此美妙的心境却难得。杜医生的散文如一幅幅风景画给人美的感受。

小月非文： 人赤裸裸的来、却满载各种不同的回忆而去，那是他能从这个世上带走唯一的东西。时常能够捕捉到生活中美景、体会到自然赋予我们的每一个感动的墨香医生，一定会是一个内心最富有的人。

有理： 杜大夫您好！看了您的部分博文，感触颇深.以前只知道您有一双灵巧的、可以使人变得更加美丽的手，却不知道您还是个文才。

西风胡杨

几年前，乘车穿过南疆的塔克那玛干大沙漠，视线里久久充斥着荒漠的色彩，在干涸的孔雀河边，突然袭来一缕缕亲近的绿色。在视线和它们相遇的瞬间，看着那大漠深处稀有的亮色，突然心生疑窦，这顽强的生命色彩，是如何在这久旱不雨的黄沙里得以生存并繁衍成一派蓬勃的气势呢？

这眼前的胡杨，是我第一次在咫尺之间和它悄然相遇。在此之前，我早就知道，据说它可以在这人迹罕至，生命的禁区里存活生长千年，完成它生命的周期后可以千年不倒，在风沙侵袭的环境里千年不朽。让人震撼，不由在看到它的那一瞬间油然而生敬意。

在它亘古千年的岁月里，将生命的奇迹发挥到了极致。为了应对那长期干旱少雨的恶劣环境，它用一树多种叶片的戏法将自身消耗降到最低的限度。在极端恶劣的条件下，它可以用极其刚烈的方式催生它身上的虫子将已经生发的绿叶全部吃光，为了能够在如斯的环境中减少水分的丢失而继续积蓄再生的能量。甚至用腐化自身的自残方式将树心空出而积蓄宝贵的脉脉的水分滋养。

这就是屹立在大漠深处的胡杨，用它那雕塑般的身躯为生命的奇迹酬唱出一曲曲悲壮的挽歌，在苍茫的风沙线上回荡着生命的绝唱。

汽车前行的车轮扬起漫漫的黄沙，它孤独的影子在渐行渐远的视线里慢慢消失。而那一排排孤独的胡杨的身影，是飘绕在我心底永远挥之不去的精神壮歌。

只有它，孤单的身影站在茫茫戈壁之中，安静地立在苍茫里，沉默着，沉默的像个思想者，有一种遗世独立的味道。

只有它，用尽了百般心思，以超乎寻常的生长方式在风沙里艰难的成长。环顾四周，唯独它用孑然的身姿在与严酷的遭遇抗争，悲壮的枝头挂着暮色里乌鸦的哀鸣。

只有它，即便是被强大的风沙击倒，倔强的躯干继续延续着根脉的传承，在扭曲粗大的杆头，一排排小苗势不可挡地直指苍天，将生命的接力继续传唱。

其实，在胡杨的青壮年时期，它是绿色森林里并不起眼的一员。那时，它的身边经常是植被丰茂，莺歌燕舞。岁月的变迁和气候的恶劣将它身边的一切慢慢用黄沙覆盖，唯有胡杨成为这片土地忠实的守护者。用几千年的神话，演绎出它对赖以生存的黄沙的眷恋，任凭风吹日晒，岁月流淌。

想起那在大漠里艰难成长的胡杨幼苗，忽然觉得心疼，像心疼一个被人遗弃的孩子在弃世的风雨里成长。

想起那一颗颗在风中屹立的胡杨，扭曲的身姿在旷世中。仔细想来，其实都市里的人们不也是一颗颗孤独的胡杨？！承受着生态的艰辛和心灵的寂寞，在人生的无常风雨里挺立到老。

面对这样的感觉，孤独胡杨的让人心疼，遥遥在人烟之外，独守一方清冷夜空，那种幽情弥漫心间。隔着遥远的时空，我深深地被它触动，仿佛更深领会那份孤独的凉意，直沁到内心深处。

凹凸：我也时常被胡杨的精神所打动。它活着有千年不死的顽强，死后有千年不倒的铁骨，倒后有千年不朽的灵魂。现在的我们呀，能禁得起几回潮起潮落，云卷云舒呢？在物欲横流的今天，还会有谁愿意厮守那份感动？我没有看到胡杨，却看到了荒芜的大漠和一颗流浪的心。

悲伤的胡杨：哪有喜欢孤独的胡杨，环境如此恶劣，除了我们感叹它的顽强之外，如果我们能够给它一点水给它一点肥，胡杨一定会回报给人们更多的茂盛和繁荣，也不会生长的如此艰辛艰难和扭曲的。

心境如水

几年前的一个上午，记得还是秋天的季节。做完一个手术，回到办公室坐在电脑前，突然，一股莫名的冲动在我的胸中涌动，如同血脉贲张，茅塞顿开。一会儿，让我自己都觉得惊奇的文字如同一股涓涓溪流从指尖流过，在屏前不断蔓延开来，带着我的思绪，进入我的内心。

渐渐地，一个自己内心世界里的江湖由此悄然成型；渐渐地，一点一点地积攒着不断浩大的容量；渐渐地，从一颗一颗的小苗不断壮大而成有时不能不面对的风景。

从一开始，我的文字见诸在我的视线里，主要还是在很多寂寥的时候想和自己进行严肃的对话，因为自己喜欢，让自己快乐在飘逸的境地里。我坦承，我的文字没有经过专业的磨砺，也没有经过旁人的指点，完全是从心里流淌出来的闪烁的沙砾。纵然粗糙，但那是经过时间长河里不同境况的洗礼而成，一切都那么自然而成，如同河床里各具形态的卵石。有时去郊外游玩，看到干涸的河床里各具形态的卵石，信手捡回一个放在书架上，每每在书房里从字里行间转移过疲劳的视线时，看到在室内散淡的灯光下映照着的石头，心头不由会想这石头是如何变成现在的这个模样？

每每我的文字在经过一段时间后，回头再来细看，那样的感觉就如同那一个个静卧在流水下河床里的卵石，既陌生，又感慨于时光的流水是如何将我心头的一个一个形态各异的卵石冲刷得如此温润，让我在辗转之间留恋不止、回味不尽。

我从不认为自己的文字写得好，由衷地，他们只是在写我的心，我的情。在夜深人静的时候，我常一边写，一边感动着自己。管他好不好，至少，他感动过自己。让自己在人生的江湖岸边走过时可以留下些许的痕迹，如同流水过后的卵石越发闪亮。

在夜深人静的时候，面对自己和对过往的回忆，一点一点汇集成由无数个卵石铺就的河床，隔着如梦如幻的不断变幻的流水，放眼望去，那水里的一个个卵石，构成了心底里一道暗藏心语的风景。

坐在时间长河的岸边，静看流水远去，两岸青山起伏绵延，白云沉入江心，远处雪山辉映，长虹卧波，这一道道风景，恰是我们人生长河岸边里面对社会，面对亲情，友情和爱情，站在不同的山梁上留给我们眼底和心底里不同的亮色和感悟。充实着内心，感化着灵魂，纠结着不时难耐的心境。

人生无常，如同一只候鸟来回地迁徙，在不同的地方短暂地栖息，休养生息着一段段如愿的好梦。只为那一个个水草丰美的湖面成为永远的故乡。

在人生江湖的岸边，看着、走着、想着，在如斯的世界，有时雾里看花，有时水中望月，有时梦回往昔，这一个个瞬间，交织成一棵蓬勃的树苗苗壮成长而成庞然大树，终于有一天，栖息着自己如同候鸟一样的灵魂。

江湖，你我都在不同的山梁上守望着的地方，到底哪里才是候鸟下一个水草丰美，面对苍天竞自由的乐土呢?

树叶的感觉

每当秋天来临的时候，山野的路边，芦苇花开始飞扬了。风吹来的时候，它们就唱一曲洁白的歌。芦苇花的歌是静静的，但在我的视野里，它们却在热闹着秋天的排场。

和路边的白色的歌谣一起迎合的，还有弱不禁风的蒲公英，如同灯笼一般展开的花果柔软得经不起轻轻地一吹，那飘满眼前的种子瞬间就若飞若停地飘向远方，寻找它生命的又一个着落。没有一朵蒲公英零落完整地孤守在路边不起眼的角落。

这蒲公英整株都是柔软的，娇嫩的茎儿如同水柱一般，它渺小的身姿和硕大的芦苇花相互映衬着。大地虽然入秋开始萧瑟了，放眼远望，山河如此清朗，特别是有朝阳的秋天的早晨，柔情里充满温暖。

　　沿着通往远处的路边，各种颜色树叶的叶片装点着冉冉爬起的秋色，虽然荆棘满布，长着各种植物，我在静静里发现随风摇曳的芦苇花和俯身贴地的蒲公英最耀眼，它们都以无限的卑微沿着小路匍匐着传递秋色。

　　路，在山野之间，显得静谧而无声。两边的野草和树叶在浅风中摇曳，细风在叶片儿间穿梭，有时在一片平坦的草地间流淌而过，仿佛置身月色下的夜风微澜的湖边。

　　我喜欢走在小路边信手摘下几片还沁满绿意的树叶，随手放在衣襟里。因为秋天转眼就要过去，满山一片萧落，留住几片邂逅的绿叶放在书间，存起秋意在不时泛开的书香里，每当再次和它在辗转之间相遇的时候，静静的叶片躺在那里让脑海里的景象历历。

　　路边迎风的树叶，不管近观还是远看，都洋溢着一种难言之美。它们年复一年，随着季节的变迁，周而复始地出现在人们不太注意的地方，装点着山野里的每一个角落。在山岳不同高度的树叶，彰显着不同层次的景色。

　　走在不同的路边，总是不经意要伸出手去采下几片正绿的叶片。尤其远行在外地，几乎每到一处，漫步在静谧的小路上。连我自己都不知道，何时有了这种习惯，也不能确知，为什么这样爱采摘树叶，是不是这里面还有什么原因没有探究到。有时面对一树繁花和绿叶的交织，我更爱那油绿绿的叶子。花儿当然不敢采摘，那无数掩映繁花的绿叶，是我克制不了的吸引和放纵之所在。

　　当然不是纯粹为了美感，因为在我行走路边信手摘来的树叶，经不起任何美丽的分析。只是当我随意看到它时，它好像漂流在河面，稍纵即逝，与别的树叶截然不同。那感觉好像走在人群之中突然看见一双仿佛熟悉的眼睛，相互闪动了一下。

　　我不是一般的收获者，也不对树叶里浮现出的影像有多少兴趣。它静静地躺在那里，记载着我一路走过时的心境和感受，以及和它相会面的瞬间。但偶尔也会从叶片之间模棱出一些怪异的遐想，那只是昙花一现的巧合，让我感觉到叶子在某个层次上是很柔软的，在干枯了的脉络之间，投射出一种刚强的力量美感。这使我坚信，人就如同这一片片落叶，在柔弱的孤零里，也可以见到一些刚强的脉络，里面有着感性和想象，如同梦中的物象。

在我的书架上，常读的书里，书桌的玻璃板下，都有叶片的影子，或零落，或拼成不同的形状。有时在黑夜开灯，觉得自己夜行在某一处曾经过的路边，接受再一次的相遇。

那样的感觉好像走在人群中突然看见一双仿佛熟悉的眼睛，相互闪动了一下。

传神的秋：凝神沉思良久，对如此美的文章尽然不知该如何赞美！握手术刀的手竟能写出这样锦绣文章，这需要有多旺盛的精力和聪慧的头脑啊！

看客：衡量一个现代人是否在物质的世界里蜕化和变态，是否正常和健康，其中一个最简单易行的方法就是看他能不能与一棵树或一片树叶发生情感上的联系。比起宠物，比起对一些动物产生感情和依恋，爱树木要更难一些。人与植物的交流，就需要人自己去动感情，需要自己的感悟力了！

平生留得一瓣香

回想起我们的少年时代，常常和小伙伴们在一起放牛的时候坐在池塘边看斜阳落山，然后月亮又从水面冉冉升起的景况。我们一边嬉戏着，一边看月亮从水面浮起，把月光和月影投射到水面和四处葱茏的水草丛里。水的波纹又把月色拉长了又挤扁，曲曲折折地随着波浪一起向远处荡漾开去。当时我们只觉得很有趣，但现在回想起来还可以让自己觉得有些醉了。

没有想到几年前去外地远游，不经意间在水中观月，恰与我年少的时光相逢。这水中月，镜中花的景致，让我们曾经年轻过的岁月也潜入镜花水月中去了。

还记得，当年在那风景如画的大山深处，稻香飘满原野，我的小屋里四处洋溢着清新的气息。有一次夜很深了，我在灯下翻卷着一页页陈旧的书篇，窗外的月光照在稀稀疏疏的景物上，远听悠扬的蛙鸣，和墙角边小虫的鸣叫一起融入了有些枯燥的字里行间。

那时我还相当年轻，住在一个不大的斗室里，我唯一的财产也就是那时意气风发的年轻岁月，可是我是富足的。当我推开窗子，一棵大榕树临窗而立，树下是植满了荷花的小湖，附近的农家是那么的友善。有时候有朋友自远方来，看到我在寂寥的大山深处的窘态，在我的门后写下两句话："月缺不改光，剑折不改刚。"

几个月前我专程回去看了看过去了十几年的光景，那里的大榕树已经荡然无存，魂魄不再了。小湖那里也盖起了房子，我站在那里怅望良久，竟然忘记自己身在何方，如从梦中归来。

于是我想到人生如同一场大梦，书香、酒气、年轻时的梦想都已经远去了，真的是镜花水月一般。可重要的是一种回应，如果那镜是清明亮洁，花即使已经凋谢，也曾清楚地印照过。如果那水是阳澄剔透，月即使已经落沉入水，也曾经明白地留下过皎洁的波光。它们都有可贵的痕迹留在我们的心里，任凭岁月的流水如何洗涤也永远不褪去天然的本色。

我们都知道远古的先人击石取火的故事，本来是两个冰冷的石头，一撞击却生出火来，不断撞击就有不断的火光闪现，得火实在不难，难得的是，得了火后怎么让那些微的火星得以不灭。镜与花，水与月本来并不相干，然而它们一相遇就生出短暂的美来，这镜花水月里的景致怎么才可以得以永存呢？

我想，这只好靠我们的心了。

我知道，现在虽然身居闹市，我的记忆和思维却经常流连在那大山深处短短岁月留下的痕迹里，我再也不可能回到那里去居住了。我更知道，我再也回不到那时充满清纯的年轻岁月了，成了飘落一地的昙花和撒满一池的月光。

只要我们保持阳澄朗净的水镜之心，我们一样还会有萌发的花蕊和初生的明月。

在我们不能把握的凡世命运中，纵然会有无常的风雨，纵然会有崎岖的前路。在我们的记忆深处，永远留有一瓣馨香，在长夜的孤灯下，也可以从密如丛林一般的心境里散发开来，其实也就够了。

佚名：我曾经拜读过杜医生的文章，当时就觉得很不一般。最近因为要上医院找杜医生，想进一步了解其人，再次细看他的文章。"我知道……我不可能回到那里去居住了，我更知道，我再也回不到那时充满清纯的年轻岁月了……"读到这里我不禁潸然落泪。

佚名：击石见火，水月镜花，都不过是冥冥之中早已安排好的偶遇，要不，怎么偏偏是这两块石头相遇，怎么偏偏在某一日水月共映镜花相照呢？哪怕闭目醒来这一切都如梦幻般不真实，但它毕竟真实的存在过，能留住这种景象的，就像医生说的那样，只有自己的心了！

佚名：美，不是那能看见的形象，能听见的歌声，却是闭目也能看见的形象，是掩耳也能听见的歌声……美，是发焰的心和陶醉的灵魂。

销蚀的背影

　　山城重庆，在我的内心深处，虽然时代的变迁成了行政符号里的异乡，但保存在成长起来的记忆里，永远也割舍不去这里故乡的情结，因为它永远都属于巴蜀不分家的大地。

　　前几天，一个偶然的机会，匆匆忙忙地回去了一趟，没有一点心理准备。固然，回家是不需要准备的，即便是短暂的停留，因为那里是我们当然的心灵港湾。

　　在一次朋友聚会的席间，一个外地而来的朋友和大家一起谈论到山城原来的吊脚楼一点踪迹也没有了，原来古朴而浓郁的山城民居完全被大都市里的摩天大楼所淹没。他还饶有兴致地谈及头天晚上和几个本地的朋友专程去洪崖洞参观，那里是被现在的人们修筑起来的吊脚楼，在雨夜里乘着昏黄的路灯十分满足地体验了他想象中的吊脚楼。

　　这里吊脚楼的风光走进了记忆之门，我惋惜地目睹了它渐行渐远的背影。

　　吊脚楼对于我并不陌生，儿时的记忆里早就有很清晰的印记。但对于这里的吊脚楼，其实我也是个陌生人，细想起来，第一次见到鳞次节比如秀林般亭立于嘉陵江边的吊脚楼，还是在十多年前去重庆念书的时候，从嘉陵江边的火车站一出来，在晨雾里一眼就可以见到它站立在江边的悬崖上，很有气势和风韵。一层层错落有致的如同青灰色鱼鳞般的屋檐，在晨雾里一束束青烟冉冉升起，不断为这里的薄雾添加浓厚的色彩。如同一个很早起来嘴里抽着旱烟的老者凭江临风地观望着眼前的世界。

　　它留给人们最深的记忆始终是在悬崖峭壁间的坚强和从容。山城江边的自然条件非常险峻，早期的人们在江边搭起一间间房子，几个结实的木柱支撑起整个吊脚楼的全部重量，任凭风吹雨打，严寒酷暑。如果是独自一间，走在晃晃荡荡的楼板上，似乎猛一跺脚就要倒下来。如果是一排排的吊脚楼，你挤着我我靠着你，手握着手，肩并着肩，体现着一种团队精神。就是这样的吊脚楼，这里的先人们住了两三千年。遇上洪水，大水淹漫；遇上滑坡，泥土冲埋；遇上风雨，风吹雨打。年复一年，人们总是不断地与大自然抗拒，一次又一次的战胜它，把吊脚楼修得更加牢固，更加坚强。简陋的吊脚楼是千百年来人们在贫困的经济条件下，充分利用自然条件修建的栖身之处，最能体现这里人们的顽强精神和不屈不挠的意志。

它们背靠高山，面朝奔流的江水，正是吊脚楼的独到绝妙之处，也是夜里最美丽的景致。傍晚，夕阳西下，金色柔和的阳光照在高低错落、起伏跌宕的楼房上。夜里，远远望去，点点渔火忽明忽暗，与吊脚楼的灯光交相辉映，仿佛是远航归来的水手与家中久盼的亲人团聚前目光的交流。江水中，灯火印入，波光粼粼，宛若珍珠，一组组闪烁的光芒连接两岸，如同一条流动的星河浇活了整座充满水腥味的城市。

每次回去，我总会去看看那些江边风烛残年的吊脚楼，或在漫步间，或坐在匆匆而过的车厢里，或站在远处隔江而望。每次见到的吊脚楼不由让我心生感叹，在城市建设的洪流中，它终究抵挡不了势如破竹的力量，最后消失在越来越快的城市步伐节奏里，消失在人们无限惋惜的视线中。成了一个记忆里孤单的背影远离而去，永远地成为画册里的图片，人们闲谈间的叹息。

　　这原生态的风景，也如同我们自己心里一直想要坚守的一个世界。现实的力量总是要对它进行无情地摧毁，而我们，到底用何种的方式和毅力去呵护它而不失本色呢？也许，只有当我们一路走过，回头望去我们原来的自己，是还在我们内心，还是从我们无限叹息的远方陌生的背影里，去寻找自己已经模糊的影子呢？

　　ELLA：重庆之美就在于吊脚楼，没了吊脚楼有了高楼，虽然美丽，似乎缺少一点沧桑之感。现在的我们，是应该忘记过去，还是记忆过去呢。还是展望将来比较阳光一些。

　　佚名：那些经百年千年的时光侵蚀和风雨摧击而能矗立不倒的吊脚楼，却在人的放弃中瞬间坍塌消匿——人意志的力量多么强大。对于自己珍视的、属于自己标签性的东西，也值得我们调动这样的意志力来守护吧，因为，我不知道还有什么痛苦比失去自己更甚。

水性

水，在我们身边，是我们最熟悉的也最无常的物象，在我看来，那形态各异的流水，又有多少人读懂了它呢?

在小溪边，一个人独自漫步，欢快流动的溪水载着我们当时的心情一起流向远方，将我们的欢乐和着溪流，在悦耳的溪水声里掺进了别样的心情和故事，那时，我们看到了自己心情的流动，仿佛自己就如同溪水一般自在。

在田间，农夫们一勺一勺地将从远处挑来的清水浇灌在苗壮成长的小苗旁，润物细无声，在默默地滋养里陪伴着小苗的节节高长，这时的清水如同一位慈祥的母亲温暖的手，抚摸着小苗一天天地成长。

当我们经历了若干年的等候和期待，经历漫长的时间长途跋涉在荆棘满布的小路上，带着积蓄多年崇敬的心情朝圣般地来到风景如画的湖边，如同见到一位相约多年的长者，去倾听他一生的故事和沧桑造化出的丰富和厚重的内涵时，看着湖边清澈见底的湖水，仿佛我们看到了长者被微风吹皱的面庞，当我们看到湖心里那深不可测的深蓝的湖水时，我们却没有勇气去拨开他深邃的内心世界。那里藏着他一生历经沧桑的故事和博大丰富的胸怀。面对此情此景，我们不由放慢涉水逐渐深入的脚步，充满胆怯地回望着湖边。这时的湖水是一本我们永远也无法读懂的书，如同阅读着湖心里长者那淡定的眼神。

我们行进在深山里的蜿蜒曲折的山路上，不经意间，突然被远处传来的巨大轰鸣声所吸引，同时也被那原本缓缓流动的水流突然经历一个巨大的落差时所发出的呐喊所感动，那是它们经历命运坎坷和曲折时面对山势的巨大变迁不屈的抗争和呼喊。这时的烈水变成不可一世的野马地奔腾在他们追逐自由的险路上，即便粉身碎骨也要将它们桀骜不驯的天性彰显。

无疑，水无常的秉性也给我们默默地启示和感悟。

水是柔顺的，任凭人们将它放在何处，都会和容纳它的盛器相处得亲密无间。

水是刚强的，一旦人们将它无情地围困得太久，它就会用厚积薄发的伟力将一切阻挠瞬间化为乌有，声势浩大，毫不回头地去追逐自己向往已久的大海，人们费尽苦心的挽留始终也不能挡住它一直追逐的自由。

水是多情的，只要你信手朝宁静的水面扔进一个石子，不管多小的石子，总可以激起一层层涟漪，笑颜如花地从波心里向你投来脉脉的眸光。

水是乐善的，它是我们不可或缺的依靠，给人以滋养，给人以动力，给人以不尽的向往，何时我们才有水的这般天性的坚持和蓄养？

水是正直的，它是我们的一面镜子，总是公正地面对我们的各种模样，无论是在高处和低洼，只要是光明无处不在的角落，我们都无法逃过它忠实和敏锐的目光。

如许的水流一旦无形地流入内心，水性和人性的交融，就会在我们密如丛林一般的心境深处，如同柔水一般，始终有无法剪断的渊源和流长。

　　这时，我才发现，在我们的心间，如果能有一股流过林间一般的溪水蜿蜒徐行，穿花绕树，跳涧越石，不屈不挠地心向远方，它总能给我们如影随形的无限遐想和力量，该有多么幸福和欢畅！

　　竹灵：水乃高洁之物，曲折之后是百川入海的坚定不移。 仁者爱山，而智者乐水， 医生是个智者，文笔更是一绝，好文章，赞！

　　兰：医生对水有如此体悟，属智者无疑了。水既多情，对于懂它且为它保留心灵入口的人，它定会趋赴相随，一路相伴。

西湖

　　西湖，我匆匆走过你的身旁，我无暇考证你何时造化出繁华人间的胜景，在一潭绿水的怀里，浓荫繁花，楼台水榭。在红尘的各方，怪不得那么多人只要听到你的名字，就无限神往。

　　水中的断桥，在晨光中用它优美的曲线，把你介绍给了我。绿意浓浓的夹道杨柳，远远地托起一轮朝阳。垂露欲滴的晨间醒来的莲荷，阳光灿烂的路边野菊花，一起拥上了湖边的舞台。

　　湖心里，穿过绿杨的秋风荡起层层细浪，挥洒着苏东坡的豪情和白居易的忧伤，湖底千年的沉泥见证了他们流传今古的绝唱。醉入波心里的翠绿洋溢着他们荡气的豪肠，两道蜿蜒的长堤迎面走来了风流的宋唐。

　　浓荫里还有着夏日的情趣，阳光却依然保持着春日的和煦。秋风穿过层层荷浪，激起含笑的水花，夹带着晨荷的幽香，随着微风化着晨露。清脆的鸟鸣把这里描绘得更加幽深，拍水而过的翠鸟把这里的湖边形容得更绿了，不远处的山腰上零零落落的小黄花把小山抬得更高了，游人的漫步把小道走得更曲折了。而我呢？竟以为自己置身在山野之间，忘记了不远处就有无数喧哗的街巷。

西子之湖，你的美，就因为你能在夏日里盛一泓清水，布置成人们逃避炎热的凉爽。就因为你在繁华的街市之旁，拉起一道绿色的帷帐，布置成郊野的风光。就因为你在现代的高楼旁，移来水中的满月，布置起平湖秋月现实里的幻想。就因为你能在繁华之间，奉上安静；在忙碌之间，捧上悠闲。

你的左手揽着来自八方的游人，你的右手拂着起伏的钱塘，举双手一合，在湖里的波涛和清影里揉进了微微的月光。

每天一早，有东坡酒后的豪言为你祈祷；每个白日，有岳飞大将军的功业让你辉煌；每个漫漫长夜，更有那不尽的人影陪伴着你。你是历史的写照，带给人最深的启示；你是神话的传承，带给人无限的向往；更是灵感的源泉，带给人最美的华章。

蚕·蛹·蝶

在上小学时，初夏时节，每天放学回家的第一件事情就是奶奶交给我一个背篓，去附近的田埂上去采摘新鲜的桑叶回来喂养家里养殖的蚕宝宝。至今，很多年过去了，还依稀记得采摘桑叶时看到油亮油亮的桑叶在山谷里的晚风中摇曳，叶茎脱离桑枝时迅速冒出来的如同牛奶般的乳白色的汁液，想象着可能那就是蚕宝宝们赖以生存的乳汁。回到家里，和奶奶一起将硕大的桑叶切成很细很细的叶茉，让如同芝麻大小的蚕宝宝一点一点地消食。

每天一早起来，必然会好奇地去到蚕房看看蚕宝宝经过一夜的成长到底有多大了。就这样，一天天看着蚕宝宝一点一点长大，颜色一点一点由黑色变成青色，一点一点地变成不费眼力就可以看到的长度，缓慢地爬行在蚕筛里。

让我至今不能忘记的是蚕成长的过程和伴随成长时它吃桑叶时发出的声音。

春蚕刚刚出鞘时，渺小的身躯往往被细细的桑茉掩盖或者淹没，如同一把撒在碎叶间的黑芝麻。那时的它们如同刚刚降生的婴儿，细细地慢慢地用看不见的小嘴将嫩绿的桑叶费力地嚼烂，这时的它们身体幼小而无力，几乎不能感觉到它们进食的声响。但无声的世界里却潜藏着它们许多惊人的变化，过不了几天，一条条黑色的空壳留在了蚕筛里的各处。第一次见到这样情景时就不解地问奶奶，奶奶告诉我那是小蚕在成长时脱下了已经不合身的衣服。于是，我就会经常等候在蚕筛旁边，想看看蚕在成长时是怎么脱下自己的衣服。终于有一天，放学回来，看见一条已经长到那时的自己小手指长的蚕正在脱那件穿在它身上很不合身的衣服。看见蚕儿雪白的身子一点点地从原来的旧衣服套里钻出来，很慢很慢，很费力气，挣扎着柔软的长成肉乎乎的身子。我发神地看着，不知过了多久，发现一件干瘪的蚕衣丢在了往前爬行的蚕的身后，满身轻松的蚕儿快速地爬向桑叶的地方，狼吞虎咽地嚼食着绿绿的桑叶，这时的蚕吃起来再也不是细嚼慢咽的样子，如同利刀一样削着桑叶的边缘，不一会工夫，一张桑叶就会被正在茁壮成长的蚕吃得干干净净，留下一个桑叶的经络在那里。这时，往往可以听到蚕房里如同春雨般的习习的声响，在美妙的声音里伴随着它们成长的节奏和旋律。

随着时间的过去，不断成长的蚕经历着一次又一次的蜕变，终于有一天，原来它们如狼似虎的食欲突然减退了，原来白青色的蚕开始变得通体发亮，白色里透着浅黄，原来爬行很快的速度一下子减慢了，抬起了它们尖尖的头四处张望，仿佛在寻找着它们生命里的下一个归宿。

有一天，我看到奶奶用从田间收来的秸秆放在屋子里，奶奶将颜色变得浅黄的蚕一个个放到秸秆上，它们一爬上那里，仿佛找到了自己的家，安适地躺在那里几乎一动不动。慢慢地，它们口里吐出一根细细的白丝，一圈一圈地将自己的身体包裹起来，不多久，一个卵圆形的丝巢俨然成形，它们的身影越来越模糊地消失在视线不能穿过的丝巢里，它们就这样躺在了由薄变厚，由软变硬的由它们自己编织而成的房子里。每当想起这样的情景，勤劳的奶奶在我儿时教给我的歌谣就会回响在我的耳畔："蚕宝宝，快做活，做个茧儿像铁壳。"

那时，充满好奇的我会将奶奶从秸秆上摘下来的蚕茧用小刀切开，看看里面的蚕变成什么模样了。切开一看，一个没头没尾，两头尖尖的深褐色的东西留在里面，奶奶告诉我那是蚕吐完丝后变成的蚕蛹。

一天，偶然发现一个挂在家里墙上的蚕茧里飞出一只美丽的彩蝶，扑腾扑腾地从蚕茧的破口里钻出来，展开双翅，飞向了远方，飞向了阳光灿烂的天际。

它是用何等的力量突破坚韧的茧子顽强而出，获得自由的呢？至今我都还未明了。

这就是蚕的一生，由蚕变蛹，由蛹羽化而成飞蝶。多么美妙！多么完美！可是作为蚕们，它们感受到的每一次成长的蜕变和飞跃，也许都有痛苦相伴，有快乐相随。这是作为人类的我们，也许感受不到它们生命力量的释放需要何等的坚持和挣扎，才可以实现飞向远方的梦想。

蚕一生衍变的过程是自然的，也是本能的，它默默地折射出我们人生的节奏和旋律。

诺然：读罢此文，儿时生活情景浮现眼前，回味自己一路走来，像极了蚕的一生，但何时能像蚕化蝶破茧而出，获得自由呢？

心湖：春蚕到死丝方尽，蜡炬成灰泪始干。化蛹成蝶，这是一个痛并快乐着的成长历程！

小月非文：蚕变蛹、蛹化蝶，栩栩如生地描绘让人为之感动、为之震撼。小小的蚕儿一生如此，人生又何尝不是如此？每历经一次蜕变和飞跃，都痛并快乐着。想想现在自己是蚕、是蛹、还是蝶呢？……

锁秋

秋，在一年的四季里，可以让人们听到她款款走来的脚步声；在悠长的日子里，可以让人们从容地看到她的背影一点一点远离视线的尽头。

在秋风里，尤其是在夜里，一阵初秋里颤动的微风送来隐隐约约果实的味道，那是成熟的秋实凝练着盛夏的火热和风雨的滋养而释放出的阵阵暗香。

在晨光里，远处的朝阳在彩霞的映衬下探出朦胧的睡眼，将大地挂在叶尖上最干净的小孩儿照耀得剔透闪亮，用晨露的清香装点着一早醒来的大地母亲温柔的面庞。

在秋池里，肥硕的鱼儿不时探出娇小的腥嘴打望着人间的秋色，不时又一个个顽童般的跃出水面来感受风里醉满秋色的气息。

在通往远山的小路旁，不同颜色的枝叶用它们生命的韵律展示出秋的意境，仿佛是一幅流动的画面，在那里，用各种颜色一起将时间和空间糅合出人们漫步的秋意。

成熟的秋在人们还没有察觉出四季的变迁衍生出的各种起色时，就已经潜心为人们营造出不同的人们都很喜欢的韵味和气息。终于有一天，粗心的人们突然发觉自己置身在这秋色无边，无处不在的秋色里，享受着一年里最丰富的季节时，当灿烂的艳阳将人们的视线渗透到魅力无穷的秋的深处的时候，其实那时的阳光里还蕴含着夏的焦热；当凉爽的风里送来野菊花和桂花的清香，让人们一下子陶醉在这悠远而又亲近的秋夜的气场时，其实那时还不时涌动着夏虫的鸣叫和着夜色的清香。静静地，秋的意境已经粉墨登场!

秋的意境如同一条缓缓流动的溪流，总是不紧不慢，从容而悠闲地一点一点地释放出它丰富而又流动的内涵。不管你身在何方，只要你置身其间，你总能够漫不经心地体味出潜藏其间的韵味，带着你不同的心情，不同的步伐节奏，让人在秋的路上漫步始终会步伐稳健而从容，心境平和而洒脱。世界里一切染上秋的颜色，醉满秋的味道，都可以让人觉得那是经过心情的洗礼而滋生出的自己希冀所在。

当人们习惯了眼前的秋色而四处张望时，在一阵习习的秋风里，不张扬的秋用它藏在浓阴里丰腴的果实和阵阵的沉香又一次将人们的视线点亮，用无声的馈赠犒赏着一直俯身勤劳的人们。人们置身原乡，爬上枝头，用亲近的对话去收获着秋实里的涵养，带着满载的收获去和即将离开的秋进行庄重的道别，来年又要来的那个秋。

在深秋，风里藏着早寒，晨露挂满薄霜。一簇簇金黄的落叶飘落无限眷恋的枝头，秋的影子日渐单薄，脚下簇拥着由绿而黄，由黄而卷曲的落叶，那是她离开人们视线时一个隆重而又凄美的告别，依依不舍。用寒风中孤独的摇曳挥别人们视线的最后一个瞬间，那是渐行渐远的秋献上的一曲优美而又豪迈的放歌。

秋的意境一旦成形，进入内心，很难忘却自己置身其间的况味和心境。就做一把心锁，锁住留在心间魅力无边的秋吧！

佚名："秋的意境一旦成形，进入内心，很难忘却自己置身其间的况味和心境。就做一把心锁，锁住留在心间魅力无边的秋吧！" 锁住的是秋，锁不住的是飞扬的灵魂，呵呵。

不羁：无论是生活在钢筋水泥的城市丛林中，还是漫步在山高云淡的乡村田野间，有多少人像一个孩子般在寻找着心中的秋天，寻找着灵魂深处的港湾。

佚名：细腻的心思，丰富的感情，聪明的感悟，优美的文章，让人沉醉、沉思、沉默。

溪流乌镇

　　最近几个月以来，上班的日子让我越发觉得疲惫不堪，加之奥运会期间车辆限行，更让人觉得有苦难言。刚好，今年成都的美容外科年会为我提供了外出放松身心的机会，早早就办好了出差和休假的手续，趁着秋意浓浓的天气，出发了。

　　美丽和惬意无比的蓉城自然是让人来了就不愿意离开，但出发之前早就在心里默默定下的几个潜藏多年的去处抗拒了这里的挽留，在做完学术报告后的热烈掌声里悄悄离开了会场，敏捷地钻入朋友早就恭候多时的车厢里，一路直奔静卧在汶川震中很近的安县境内深山里的旧处。

　　这里刚刚发生过一场罕见的大地震，天劫让这里的很多民房倒塌或者扭曲，一座座青山依旧巍峨绵延如从前，稻香遍野弥漫，小河清凉地淌水，传来淙淙的流水声。曾经熟悉的道路因为多年的变迁已经完全失去了原来的格局和脉络，凭着记忆里的影子顺利地找到了记忆里一直在经常回味的去处。仿佛是一种牵引，仿佛是一种回归。那山头屹立的小屋还一如当年，但门板上的人名小牌宣示着这里早已换了主人，物是人非了。伫立在这里，我仿佛走入了近二十年前的时光里，不远处的山肩上挂着一轮夕阳，白云袅绕，和这里人间的青烟交相辉映，浓墨淡彩地勾勒出一幅妙曼无穷的田园山水画。在洒满月色的田野间，蛙鸣悠扬，此一阵彼一阵，相映成趣，在偶尔传来的鹅鸣和犬吠里演绎出一曲田园里的交响乐。

虽然远在异乡，离开这里的时间越久，却让我感觉离这里的距离更近，记忆里的图像和声音却越发清晰无比。让我回到时光的原乡，一下子站立于光阴的两岸，翘望着自己和自己曾在这里留下的影子，顿时让我忘记了自己置身何处，漫步于岁月的何时。

出发前，本来和师父师母约好了在杭州见面，再一路相随去游玩水乡的胜景，可在我离开成都启程去杭州之前，师父电话里告诉我计划完全落空了。他受伤的情况更是让我尽快来到杭州这里。见面商谈了有关他们回去的诸多细节，在当地朋友的热情帮助之下，一切担心的问题都化为乌有。于是，原来志忑的心情就又化作了继续前行的节奏，一路如流水般行程的脚步直指水乡乌镇。

在山水之间的记忆里，在水乡留下的足迹里，周庄和同里几年前我逐个到访，那里的印记至今还依稀记得。那里的小桥流水人家，散漫着人间难得一见的闲适和恬静。那里远离尘世，那里只有自在和幽静。那里仿佛时间凝固，那里只有日出日落和和风细雨。

乌镇在我的脑海里的出现也是近一年间的事情，身边的朋友都说起那是一个值得一去的地方。我虽然无知于它，其实它早就在那里存在着，默默地守望着，任凭时光流逝，流水奔逐。

其实这里的外在风景和我去过的周庄和同里没有什么不同，咋一看来，一点点隐隐约约的失望的念头飘绕在我的心头。这里的民居，这里的小桥，和他们没有什么两样，一律江南水乡的风格。沿着水边的石板路走着，秋日里的凉风透过微湿的衣衫带来阵阵凉意，温润的溪流的气息让我寻着水香的味道转移了我漫无目的的视线。

在小桥边，我凝视着看似平静的溪流，一下子让我的注意力集中到了清澈的溪里。

看着如斯的流水，我羡慕流水。让我行程的流水和一路带着别样的心情流水一下子交融到这里的溪里。

想着，如果人活着，能够停止一会儿，暂不做人，去做一会儿别的，然后再返回来继续做人，在这停止一会儿的工夫里，我愿意选择做这里的溪水。让我穿过这里的小桥，绕花穿树，跳涧越石，内心清澈成一面镜子，经历相遇的一切，心仪而不占有，欣赏然后交出。

如果让我从这里走过，一切都从我这里获得记忆，人们只看见我的清亮，而不知道我的清亮里藏着的无限丰富，该有多好!

如果流的太远，无法回头，就这样做一流清溪，奔逐到无限的远方，该有多好!

水蜜桃：谁让你把平凡的字眼组合得如此曼妙，让我很想停下来做一点什么，好想如你一样去放松一游。

佚名：看景不如听景，乌镇我也去过哦，的确和周庄差不多。江南水乡，去过一处代表性的，足矣！就像人，领略过人生的某一道风景，足矣！

周其光：杜老师，能暂时抛开工作的疲惫和烦恼，暂时去外地游玩放松，真让我羡慕不已！老师的文采更让我赞叹不已！

筑梦趁年少，梦回何处

从小我就爱做梦，像云彩一样飞翔的梦境和自己的成长一路相随，一飞飞了四十多年，直到今天，一早醒来，回味梦里飞翔的滋味，仿佛让我又回到了无忧无虑的年少时光。

小时候梦里的飞翔，全然没有了白日里的烦恼，如同一只雏蛾，转眼羽化升空，有如神助，飞过一座又一座山头，跨越一道又一道河流。家在脚下远了，天空从四面包围过来，我竟成了天空的一部分，顿时消失了自己。

晨间，从梦里醒来，在餐桌边，讲给大人，他们告诉我，那是自己身体的不断成长带来的梦里的感受。不过，带着梦里的感觉，想着自己，要是自己果真像小鸟一样可以自由飞翔，该有多好。即使到了现在的岁月，即便觉得那只是幻想，何尝不向往飞翔，向往飞翔时如同云彩般的轻盈和自在。

离开散漫自由的环境，转眼间走进学堂，耳濡目染的文字和数字的熏陶，完全走在日有所思，夜有所梦的境况里。逐渐条例化的生活和一场又一场考试的轮回，不断沿着课本和试卷铺就的蜿蜒小路走入梦境，在一次又一次难耐无助的梦里，延续着白日里狂想少年的困惑。梦里的小屋透进的一缕缕光芒，仿佛是在苦苦寻觅逃离困境的缝隙。经常一身冷汗惊断了求学岁月里常有的梦呓。

随着自己年岁的增长，生活形态变了，梦境也随之变化。我常梦见青青的大学校园，梦见一栋又一栋教学楼，梦见自己迟到了，沿着墙根儿，怎么也找不到教室的入口，进去又忘记了自己该是哪一班，看见陌生的一张张面孔和讲台，转身又大步流星地退出来。再不然坐在教室里，手忙脚乱地找不到自己该有的课本。

我梦中的学校，也是多姿多彩的。

有一所，在山口河谷之间，满山的秋草，秋风和秋雨，和被秋阳染成的淡淡灰色的小楼。左右的山壁，夹着金色的大门，我轻轻飞过，进入峡谷的校园，看见左右两排校舍，中间的操场，有无数孩童在嬉戏和追逐。尤其是孩童们朗朗的读书声，在山谷间回荡，很美。一直从那时的梦里传到我现在醒时的耳际。

读书的梦，连做了几年。那时的梦境，被一身戎装紧紧裹藏，在大山深处的凉风里渐渐消逝。

在封闭深幽的大山里，满目苍翠的青山，清澈的溪水淌过小桥，穿花绕树，在一年四季的和风里将我的梦境渐渐衍变。不在繁华的街道，也不见深山鸟林和万家灯火。我梦见自己站在临海的悬崖边，一阵风起，我久久不在的信心和些微的豪情，居然在大山深处斗室的梦里被悄悄勾起，如同一团不断燃烧的火焰。

我伸开双臂，把自己交给天空。我又一次轻轻地被海风吹起。那时，远离名利，没有包袱，在年轻的岁月里，只有心情的重量，被我梦里的翅膀载着，轻轻托起，盘旋在沧海桑田的碧空里。

半梦半醒之间，风渐渐弱了，江岸的鱼火也逐渐明朗，波涛上闪烁的月光在轻轻地抖动。梦里的影子和阳光相遇，顿时虚无，时过境迁，怎么也回想不起昨夜的新鲜记忆，明明还泛着朦胧的月光。

梦想的云梯直插云霄，爬着，寻着，何处才是我们可以暂时停歇和流连的梦境呢?

人生如同一场大梦，绵延一生的诸梦，有如大浪淘沙，能留在与岁月相随的记忆里的梦境，却寥若晨星，也如同闪亮的珍珠，让人不尽的回味，向往其间若有若无的境地。

在人生的山梁上，跋涉着，飞翔着，在沿途的树枝旁，疲惫的翅膀，该栖息在何处的枝头来重温旧时的好梦呢?

　　宝宝：杜老师，转眼又是数月轮番，自出江湖，虽然工作未变，内心却辗转不定，不知道何去何从，每次进来这里，总有些感伤自己的无为，老师说得好，筑梦趁年少，您也说过，不要轻易看轻自己，谢谢你的鼓励，让我又能激情满怀，奋斗于梦想成真的旅程。

　　明华之雪：由于从黄寺一走马上又在进修，好久没有拜读杜主任的佳作了，很惭愧。我们都做梦，梦醒了也就没了梦，梦中有的，醒来却没有了，许多时候人生经历就像一场场梦。

　　旁观者：有些梦境可能从一开始就是个错误！之所以不愿意醒来可能是都不愿意面对真实的自己。如果自己都不愿意面对害怕、懦弱、卑贱、冷漠，又何必强加给别人呢？生活的压力已经很大，请放过善良、努力、洁身自爱的人，也请放过你自己……

相望于江湖

　　每年一度的暑假如约而至，儿子懒散的惰性需要调教。爬山去吧，可能是一种传说中的锻炼意志力的办法。于是，定下了每周日早上去爬山的条例。

　　在朝阳刚刚早一步领先于我们爬上山顶的时候，射破晨雾的光芒撒满一路为我们铺就了一条畅快的坦途，车厢里飘绕着包涵凉意的晨露，在干爽的肌肤之间传达着夏日里最早的清凉。行进在高速路上的车厢里飘出的音乐如同一股清泉滋滋地流淌，让人的神志在迎面而来的晨风里更加神清气爽。不一会，车到山脚下了。沿着盘山而上的小路，在一路的敬仰中经历着曲折和蜿蜒，走过陡峭和平坦，攀过荆棘和山花，在不知不觉中，满身大汗地立于山巅。在山风的吹拂中，凭空远望，不远处的钢筋水泥的森林挺立于薄薄的晨雾之中，远处白云飘逸，彩霞用一抹妍紫为天空涂上淡妆。行驶在路上的汽车如同漂在河里的小舟，不一会就消失得无影无踪。山风一阵阵吹来，传来嗖嗖的声音，如同波涛在拍岸回响。

这样，感受着如同幻觉的景象，让我仿佛临风站立在一个气象万千的湖边。我的思维一下子走出空间，进入到无限悠远而又缥缈的岁月。回到时光的原乡，隔着一程又一程的山水，坐望于光阴的两岸。

童年的时光里盛满了梦想。赤脚走在蜿蜒曲折的乡间小路上，在醉满斜阳的影子里涉水而过，一路上天真交织着烂漫的幻想。天上的人间何时露出容颜让地上的顽童看看到底是何等的模样？皎洁的月光里何时能落下桂花飘香的月饼砸在我的头上？水中的鱼儿何时长大成为我盘中之餐？这样的美梦还来不及叫醒的时候，让我在夏日闻蝉鸣的浓荫下被父亲从乡里带回的中学录取通知书给断然惊醒。

知识的流淌挤走了天马行空的幻想，在一个接着一个的紧张日子里，闻着班主任未进教室前就释放着严厉信号的充满薄荷味的烟香，在老师走过的身后小心翼翼地端坐在密集的课桌间。偏僻的乡村学校仿佛就是一个完整的世界。那时，没有了梦想，生活在一个完全封闭的峡谷里，那一片片从仰望的缝隙里偶尔飘过的云彩，就是我们那时看来永远也抓不住的风景，如同身边飞过的小鸟。

在懵懵懂懂里走进了大学的殿堂，几年人生中最美好的岁月在没有一点浪漫的时光里悄悄溜走。转眼之间，一身戎装又将我回归于乡野，在清闲的日子里细看三月的桃花飘落于五月的湖面，将曾经的豪情揉碎在大山深处的凉风里纷纷撒落。在寂静的山头小屋里，不时有潮湿的夜风迎面飘来，小虫的鸣叫陪伴着孤灯下的苦读，经常惆怅地走在碧绿的田野间寻觅一方青石，静坐，看远山，何时沧海变桑田？

终于有一天乘着理想的翅膀飞出峡谷，飞过高山，栖息在一枝枝不断长大和茂盛的枝头。

不远处传来儿子的一声叫喊，顿时惊断了我飘逸的思绪。

面朝眼前这个释放着诱人清香的大千世界，未来的天空下也传来迷人的歌唱。此时，我不敢再多想！

就这样安慰着自己，走过起伏的山梁风景最美好，值得在记忆里永远珍藏!

相望于人生的湖面，听阵阵远处传来悠远的涛声。此时的心境，如同湖面上的一叶白帆，漫游在通往人生的远方，去浪迹一生的沧桑。

佚名：有一句话叫"相忘于江湖"，表达的或是一种别离的无奈，或是一种超然的大气。而今天医生写的"相望于江湖"，却别有一番景致，更耐人寻味!

还是我：还没有到辞旧迎新的时候，医生就为自己的前段人生做小结了，你已经很棒了，别太苛求自己哦。好文章，思维流畅妙句迭出，让我想起朱自清《梅雨潭的绿》……

佚名：人生坎坷，前途难测，多少人在飞出峡谷、飞越高山之前已经折断了理想的翅膀，不放弃飞翔才是生命最动人的华章。

飘进春色的浪花

　　这几天，大地的温度渐渐回暖，走在熟悉的小路上，阵阵微风吹来，风里无疑已经带着点儿早春的味道，让人的肌肤顿时感受到春天的气息悄然来临。湖心里的寒冰依然闪着夕阳下的暗光，湖边的薄薄冰凌已经不动声色地化为洋洋春水了。野鸭们在早春的寒风里自由自在地游弋在荡漾着微波的水面上，一阵阵微风吹来，激起层层细浪拍打着湖岸，闪出一朵朵白色的浪花，如同在春天里盛开在湖边的野菊花，一会儿开了又谢，谢了又开。不由让人的视觉和思维随着那浪花翩翩起舞。

　　道路两旁的垂柳已经吐出新绿染在细长飘柔的柳枝上，如秀发般细密的新绿在风里摇曳，在风中飘逸的绿浪用淡淡的绿色为这里的世界报晓着春天的来临，为困顿了一冬的人们带来一个春天觉醒的信号，要不，这儿的人们这几天忽然一下子多了起来。

这绿色的浪花无疑是人们感受春意的最先觉的信号，成为细心的人们感受大自然脉动的一个法门。

可是，好梦才成又断，春意乍暖还寒。

天气一天天变暖，天天阳光明媚，似乎春天已经来临，不可逆转的步伐将人们的视觉和感受带到风光无限的春色里。季节的变迁其实也充满着无常。前几天一场纷纷扬扬的大雪，将大地银装素裹起来，才刚刚冒出来的一丁点儿春芽和春色顿时消融在白茫茫的飞雪里，让整个世界回到了冰封的岁月。走在这一场突如其来的春雪里，风里飘着漫漫雪花，飘满整个眼限，一阵劲风袭来，地上的积雪如同绵延起伏的细浪定格在人们的视觉里，让人感受着别样的心情和着新鲜的空气一起融化在涓涓的溪流中。

北方的春天，古往今来，经历过杏花春雨的涤荡和杨柳春风的吹拂之后，注定会有风沙和烈酒。四月的黄沙漫天飞舞，将如同气泡般的天际染黄，让人们步履维艰地走在路上，看不清东西，分不清究竟，连呼吸都带着呛人的窒息味道。这些横空肆虐的沙浪，是这里的人们每年都要周遭一回的无限春色里的遗憾，如同一把沙尘撒进了水晶般的世界，可这样的境遇谁又能游离在这里的尘世之外呢？

我们生活在这里的世界里，在无限的春光里感怀着我们明媚的心境，洁白的水花如同雏菊，柳枝在扶风里摇曳出报春的绿浪，早春的雪花荡漾着落地后的雪浪，这不同的境遇里闪放着春色里的丰富和美丽。可大自然也要用无情的沙尘的细浪在来装点着这里真实世界里的瑕疵，让我们的心境世界里也应运而生着跌宕起伏的浪花。

前几天，看过一篇怀念圣严法师的文章，大师轻盈的脚步走过一生，那袈裟飞起，好像一朵浪花。大师一生出世的心境幻化而出飘逸在随风走过的每一步脚印里的浪花，我坚信，那是一朵最洁净，最美的浪花，平凡里透着庄严，平静里渗出博大。

在人生的春色里，这样的浪花，从何处荡起？那不是迎风而起，那是用心浇结而出的浪花。诚然，面对人生的大山和星空，这些风景静止不动却又惊心动魄。

偶尔

偶尔在通往远处的小路上散步，忽然看见极远处的山肩上挂着一轮夕阳，白云依偎着青山，这时我会想：如此美丽的夕阳预示着精彩的一天即将落幕。

偶尔在一条路上，看见桃花的花瓣撒落一地，满地染成绯红，嫩绿的枝叶爬满枝头，有一种蓬勃的气势，这时我会想：桃花落了，夏天即将来临，人生看美丽桃花的开放能有几回呢?

偶尔坐在临街的咖啡馆里，透过洒满阳光的玻璃窗，看绿灯亮起，一个衣着朴素的老汉牵着一个稚童，匆匆穿过马路，这时我会想：这年迈的老头，曾经也如同手里牵着的天真孩童，满脸稚气和朝阳一起洒满这里的街巷。

　　偶尔坐在潺潺流水的小河边发呆，看着一路欢歌的流水流向远方，却感觉那样的奔腾仿佛是一个静止的画面，这时我会想：这里的流水，到底哪里是他的起点，而何处才是终点呢？

　　偶尔风尘仆仆地回到家里，打开水龙头要洗手，看到那喷涌而出的清水，急剧地流淌，突然让我站在那里，心生触动，这时我会想：这里流经我指尖的清水是从哪里流过来和我相遇呢？仿佛是自己当时心情的流动让我看见了。

　　偶尔走在烟雾弥漫的乡间小路上，发现满地的青芽从地里冒出来，草尖上顶着一粒晶莹的露珠，在阳光的照射下剔透闪亮。这时我会想：那晶莹的露珠是小草成长的养分还是它苦苦挣扎的眼泪呢？

　　偶尔在寂静的夜里，听窗外飘落的淅淅沥沥雨声，细雨在昏黄的灯光里分外妖娆，朵朵彩虹挂满树荫下的路灯两旁。这时我会想：这雨里的灯和灯下的细雨到底是如何幻化才能成就一朵朵彩虹挂满宁静的夜里呢？

　　偶尔……

偶尔我们都是和别人一样同样地生活着，可是我们让自己的心平静如映着满月的无波之湖，我们就能以明朗清澈的心情来照见这个复杂无边的人生世界；在呕呀烦躁的世界里找到宁静的角落容身栖息；在长满野草和荆棘的遍野里找到自己走过的小路。

偶尔放松自己紧凑的灵魂，和轻烟和白云一样，越过高山和峡谷，去见证那无限风光在眼前的盛景吧！

遗落草丛的欢歌和记忆

坐在老屋前的院坝里，享受着如同从前的阳光，风一阵阵轻轻地吹来，带着早春的味道，从眼前的山谷里吹来，从远处的河谷里吹来，从遥远而又清晰的记忆深处吹来。

延续着计划中的行程，马不停蹄地在我现实的脚下一点点地去展开，一点点地将记忆撒落在曾经的轨迹里。

带着积攒几年的梦里回忆，带着一身的疲惫和精神的艰辛，一步步地从遥远的地方，带着车轮的节奏，带着如风般的记忆，辗转来到无数次梦里回到过的地方，那个我曾经无数次用稚嫩的身体和满带好奇的目光流连过的故乡。

面对如许的故乡，带着饱满的精神记忆，在风中，在如织如梭的阳光里，我该从何处开始将它从心里翻开和眼前的景象对照开来。面对熟悉的大地，面对这样老去的风光，我该用何许的剪刀，去采摘那一簇簇山花永远留在我的精神记忆里和我一路相随，将这里的芳香可以永远留在心间，不停泛香。

面对眼前的景象，我不敢奢望，小心细微地感受着眼前和脚下的一切，还有那一缕缕从磅礴的葱茏林间蒸腾而出的新鲜气息。

在一阵阵悠扬的鹅鸣中，将我酣睡在老床里的睡眠一下叫醒，睁开睡眼，窗外一缕新鲜的气流将我一下子带到窗前。凭窗远望，远处青山巍峨，错落有致，炊烟在山脚下的房尖冉冉升起，在细风的吹拂下将各处零落的炊烟汇成了这里人间的盛宴。报春的油菜花已经不经意间在山头点缀，如同节日的盛装成为辛勤一年的人们一个崭新的开端。

在晨光里，我看到了那条静静流淌的青河，那永不停息地从大山深处流淌出来的泉水也在薄薄的冰凌之下纵情地欢唱，点缀成宁静的山谷里的大地之魂，等待春江水暖的鱼儿们也不见了影子，在温润的泥土中孵育着即将来临的波涛里的丰硕。

　　走在绿树成荫的山间小路上，洁净清新的空气将我整个儿包围起来，仿佛漂游在碧浪中，顿时神清气爽，步伐轻快。突然一只羽毛华丽，长着长尾的野鸡从我身前飞过，一直飞到我视线不能及的弥漫着晨雾和炊烟的山谷里，好一派原生态的眼前风光，这是我没有心理准备的一幕，可能会如同一只美丽的蝴蝶飞进我可以四处相随的记忆里，在我不断充实的精神世界里泛起一阵涟漪。

　　在地势低缓的山岳，层层梯田如同一沓沓交错排列的明镜，这里的水中天在不同角度里折射出远处的青山和冉冉升起的朝阳。那里无人问津，仿佛是一片被人遗忘的角落，曾经在一年的四季里，盛产着碧绿如茵的风景和人们等待收获的希望。因为四季的更替，它们也在跟随时节的变迁而在人们日出而作，日落而息的节奏里不断变化颜色。可惜没有见到那曾经有过的渔夫们在微风吹皱的水面上去捕捉鱼儿的影子，也没有看到那一群群随波而逐的红掌轻波。这早春的先觉儿不知道躲到那里去分享这里的人间烟火去了。

　　不远处，人们在不断地荡起秋千，喝彩声随着秋千起伏的高度而一浪高过一浪，此起彼伏。

走在十分熟悉的小路上，低身俯首，将我的脸贴近长满嫩绿青草的土地，我仔细地体味着路边的草丛里散发出来的嫩草的清香。在那里，有我在无数次走过时和小伙伴们嬉戏时遗落的欢笑；在那里，有我无数次带着童年的稚趣仰望蓝天时留下的许多未知的谜团；在那里，有我曾经走过时留下的越来越大的脚印。此时，我伫立眼前，一缕清风吹进我的记忆里，让记忆里的回味和眼前的景物妙曼的相遇。在思维活跃的瞬间，我想着，走着，体味着，多想回到从前，回到眼前的泥土气息夹杂着草香的味道向童年蔓延开来的世界里。

母亲端来的一杯热茶的温度熔化了我飘逸的思绪，俯身下看，小花狗正亲昵地躺在我交叉的腿间，不远处悠扬的鹅鸣猛地把我拉回到飘绕着岚烟和薄雾的天地间。

一场突如其来的绵绵春雨洒落在我离开这块热土时渐行渐远的脚印里，不知何时，我再回到这里，让灵魂的脚步走在我如梦的记忆之外。

星儿：很久没有上网读你的美文，很是不好意思。杜大夫总能把情感与自然融化为诗，融化为情，让读者享受美的画卷，美的生命。乡村的美优于城市的美，它是一种自然的状态，看着舒畅，想着幸福。这是生于乡村人的同感！我想，自然美也是杜大夫手术刀下追求的最佳效果！

好像与你同行：重温你的大作，仿佛身临其境，思绪追随你的脚步，回到魂牵梦萦的故乡，已嗅到油菜花的芬芳，已登上蜿蜒起伏的山间小路，聆听到阵阵悠扬的鹅鸣，俯瞰青河环绕熟悉的村落，以及那一缕缕袅袅升腾的炊烟，沐浴温暖煦和春光，品尝绿色的农家小吃，美哉！真的好羡慕！

咏竹

在我身边经常出现过的草本植物里，竹一直是我不能轻视的。也许在我的内心世界里，南方的竹林为我铺就了厚厚的记忆基石，不管我走到那里，只要我看到那随风而动的竹的影子，每每在欣赏着丝竹灵动的身影时，犹如一根引线，将我对竹的所有记忆和感悟，顿时随风起舞，我的思维完全陷入竹的世界里。

在远古时代，原本是小草的竹经历若干年的生物演进，将置于深深泥土的根系得到了匪夷所思的发达，因为有了源于深根的滋养，因为有了扎根深土的繁茂根系的坚持，这成就了今天我们可以见到的伟岸和修长，成就了百折不挠的秉性。

在那深深的沃土之中，不为人知的藏于地下的蓬勃发达的根系，在我看来，是它饱满而历经沧桑的精神世界。默默地为挺立于风暴和严酷之中的伟岸躯体提供不竭的精神动力和依靠。纵然外界的环境何等的恶劣，只要那深藏不露的根脉不被完全摧毁，那展现于暴风骤雨和严寒酷暑的顽强生命力依然会成为狂暴过去之后回荡在山谷里优雅的绝唱，依旧是原野里绿色风景起伏的脊梁。

竹有着这样天然的秉性，其实也经历过世间磨炼的洗礼而成就其坚强和挺拔的精气神。

往往在风雨之后的早晨，含苞的青笋冲破厚厚的泥土，在静谧的竹林里一点一点地冒出来，如同挣脱母体的怀抱，婴儿落地般地长于温厚的泥土之中，成长又一枝竹秀于林被风吹之的新秀。有一天，笔直伟岸的身躯直逼蓝天，如同一个年轻气盛横冲直撞的少年行于繁华的街市之间。在经历了严寒酷暑和随时来临的风暴之后，它终于低下了那一直高昂的头，面朝大地，成了一棵枝叶茂盛的修竹，任凭风吹雨打，那坚韧的秉性和不屈的意志在沧海桑田的世故里游刃有余，在劲风和雷鸣的伴奏下，演绎着一幕幕轻盈飘逸的舞蹈。

在我们的视觉里，一片茂密的竹林看似芸芸众生，其实那是经历了若干个生命季节而衍生出的一个独立的生命个体。每当它以磅礴的气势，超凡的生命力蔓延成可以抵御外在苦难的一片生机盎然时，当一阵阵不可预知的风暴降临时，总是在强劲的风雨穿过绵密细微的竹林后，经过那城府悠远而茂密的竹林，最后流出的总是和风和细雨。那一枚枚被风雨刮落的竹叶，多像一簌簌经历苦难迎风飘落的泪滴。时至久远，那竹林里一层层厚积的落叶，如何不是它曾经沧海难为水的见证，如同一点一点爬上它额头的饱经风霜的皱纹。

成熟的竹因为有了那满腹的虚心，成了可以容纳世间万物的圣器，成就了农耕社会里灿烂的文明，成了文明社会里不能缺失的信息载体，将人们的故事一代一代地传承。

即使在它变成了最后的灰烬，它也不同寻常地成为吸纳世间污浊的活性海绵，将清洁美丽的空气留给它身后的世界。

有竹的世界里，有一份清新；有竹的心境里，有一份韧性；有竹的人生里，会有一份依托和雅韵。

竹是自然的，更是灵动的，用摇曳的身影，默默地折射出我们世间的人性。

　　抱月听风：竹之所以繁茂，在于有发达的根系；竹之所以辉煌，在于簇拥成林；一竹发声，交相和应，于是有了竹海之韵……人与社会，何尝不是竹与竹林！

雁过迷痕

在不知不觉里，忽然棱巡着走走停停的生活节奏。在繁华都市平静的生活和工作氛围里，需要在不定期的间歇里走出去寻找那些久违了行走的感觉。也许，在冥冥之中的命里，我注定是个行者。虽然目前的我还在一片寂静的安然之中，我似乎听到了寒窗外的风啸和远处传来的一阵阵悠远的涛声。可能这就是要我去开始出去求索的前兆。

借着一些合适的理由，我不失时机地选择了出行的日子，离开平静而温暖的地方，去寻找生命里本有的节奏，去感受生命里的本真。

我深信，走出去，短暂地改变眼前的境况，是一个永恒而普适的理由，在乎时间和空间转换的魅力催生出的许多行前无法预知的变化和心境，或许，这是我在做出这样决定的时刻正需要的元素。

　　祖国美好的河山留下了我匆匆的步伐，虽然行期短暂，步履匆忙，但流连于美丽如画的山水之间的那份心情，却永远地留在了记忆深处。我想，这就是让我难于克制地一次次走出去和当地陪行与我的朋友在山水之间漫步的动力吧！

　　在南昌办完计划中的事情，去革命根据地井冈山接受红色教育，这是我早该领受的去处。怀着一份崇敬的心情，我们一行四人如同信徒般地驱车到达这里红色的圣地。心里避免不了在实地实景面前，让卑微的自己更加感慨于星星之火可以燎原的伟力，感慨于伟人们在如此艰险的当时的社会环境里心向伟业的雄心壮志和无法想象的毅力。对照开来，自己如同爬行在那里山野之间的小虫，于天于地，何其渺小！

　　陪同我一起上山让我感动不已的那位出版社的热心的女士，因为她就出生在这山里的茨坪，她面对重回久违故里的那份激动的心情和一直溢于言表的面对故乡变化的欣喜，我当然是心有灵犀了。昨夜，在当地友人的款待之后，她提出了想去那里的一个湖边走走坐坐，以满足她真的回到旧地的心愿实现的期许，我当然会成全她这份怎么也不为过的愿望。

夜里灯火阑珊，山里的秋夜在月色的映衬下更显妩媚。远远近近，灯火点点，树影婆娑，小虫的鸣叫如同飘落山间草丛绵密的细雨，一阵阵，此起彼伏。在湖里漂浮着根据地老乡们用可爱的用心制作而成的硕大无比的荷花，身边的朋友说那是大俗化作的大雅，也许是当年支援红军革命的那份洁净而纯朴的民意在这里跨越时间的再现。在廖远的夜空里繁星满天，忽明忽暗。走在这山间饱含秋意的夜里，我的目光转换在天地之间的夜色里。

在偶然一次张望天空的瞬间，眼前的一幕让我惊呆了，我的目光久久地停留和追随着看到的一切。

这是我离开南方，离开南方天空的视线里多年没有出现过的景象。

在湛蓝的夜空里，一群排着人字形飞行的大雁，在这里的夜空出现，出现在我久违如许的视野里。它们是这里夜里的精灵。优美的曲线在夜风的飘逸中不时变换着人字形的角度，始终那么和谐，那么统一。那人字形的最前端，是它们在夜里飞行的方向。我想着，我问着，它们将飞向何方？它们将栖息在何处？迎接它们的是温暖熟悉的故乡，还是又一个陌生而无助的新的迁徙地？那里是否依然水草丰茂鱼虾遍游？

用我的思考，我不能知道希望的结果，因为我不是它们，但我好希望是它们中的一员。用我的目光，我不能追随它们在风里留下的痕迹，在转眼之间，它们就消失在朦胧的夜色中，怎么也找寻不到大雁们的影子。

不知它们从何处飞来，将飞向何方，如同一片云彩。

如斯，大雁飞过，风里了无痕迹，却在我的心里留下了一个未解的谜痕。这样的行者，它们的下一站究竟是何方？也许它们现在也不知道。

问着自己，问着如同这样飞行着的大雁的自己。

也许就是故乡，也许就是他乡。

网友：雁过迷痕?不，雁过留声！当医生写这篇文章的时候，虽然雁的踪迹已经从眼前消失，可雁那飞翔中优美的身姿，还有整齐划一的队列不是都留在了医生的心里了吗?雁的归来去今都是为了心中的向往而飞翔，飞向那温暖的地方，飞到它们的梦中天堂！

永远的岸

驱车行驶在高速公路上，两边秋意浓浓，车厢里却如同春天，为哥哥新厂开业买的鲜花将我包围在一片醉人的花香里。耳朵里灌满了"古老的清河"里富有哲理的音乐。一股澎湃的气息冲撞着我的心，让我习惯了一心二用的思维又想起了遥远而又亲近的故乡，那永远不时回望在漫漫人生海洋的岸边。每每在这样的时刻，都是在和自己进行着一个人的严肃对话。

记忆里的故乡有很多值得描绘的山水、花香和鸟语，还有那条流淌不止的青河和每天早上上学路过时传来的叮咚的泉水声，当然还有那头晚归的牧牛。

门前参天的两棵大树，曾经也是我们敢望而不敢攀爬的庞然大物。不时在秋后的雨季里，一早起来，和小伙伴们在树下捡起一个个被夜风吹落的鸟巢。偶尔还会有不能飞翔的雏鸟，如同那时弱不禁风的我们，想象着何时才能飞到那经常无限向往的高高的枝头。

飘绕着不断升起的炊烟从房尖冒出来，如同一根不断拉长的细线，一头连着故乡，一头深深扎根于心间，不管走到哪里，身在何方，都有一根由炊烟编织而成的线牵引着，不时回望着故乡的方向。灶塘里那跃动着欢笑的火焰，仿佛可以永远照亮面庞，让一个远离的游子心生融融暖意，心光灿烂。

随着离家的时间越来越久，距离越来越远，对故乡的那份思念却越来越强，越来越密集。当我们经过千山万水，克服身体的艰辛和精神的疲劳，用带满乡愁的脚步去叩响故乡的大门时，那一瞬间，心里所有的担心和期待，构成一只有力而又颤抖的手去推开这扇关闭了许久的心门。阔别多年的故乡，在梦里和记忆里无数次出现过的她是否还一如从前。

眼前的青山依旧巍峨，走在那山间小路上，习惯了步履平川的脚怎么也找不到原来步伐的节奏。山泉水欢快奔流，那深远的叮咚声也依旧婉转悠扬如鹅哨。故乡门前的青河静静地流淌，因为三峡库区的扩大，她永远静水深流，可惜听不到那淙淙的流水声，也看不到游翔浅底的鱼儿们。

精神意义上的故乡无处不在，物质世界里的故乡却在一天天老去，颜色渐失。这样的心结，常常让我陷入矛盾之中，哪一个才是我真正的故乡？

每每在这样的时刻，在这样的境地里，体味着眼前的故乡，回想着眼前的从前。一个在现实里，一个在记忆里，我该如何面对？一个在时间的深处，一个就在眼前。在我漫漫的人生旅途中，我该带着何许的故乡一路相随？我不知道，我无奈着。

每当我们欣赏着远处美丽的帆影时，如同翻动着对故乡的记忆。耳畔响起一位哲人的讽喻："朋友，走近了你就知道，即使在最美丽的帆船上，也有着太多琐的噪音"。

或许，那道优美的帆影，由精神意义上的故乡飘来的风，推动着我们的生命之舟，驶离越来越远的故乡的岸边。回望故乡的视线，如同在远洋航行中海平面上出现的岸边朦胧的影子。寂寞已久的心会跳得多么欢快，如果没有一片港湾的岸边在等待着拥抱我们，无边无际的人生大海岂不令我们绝望？在人生的航行中，我们需要冒险，也需要休憩。我们不时回望的岸边就是供我们休憩的温暖港湾。在我们的灵魂被大海神秘的涛声陶冶得过分严肃以后，那精神世界里的故乡也许正是上天安排来放松我们精神的人间乐曲。

傍晚，征帆归来，岸边灯火摇曳，等待我们的或许又是一个不断升华的故乡意境。

或许，我是幸运的，流淌在新居门前的那条清河，巧然天成地将精神世界里的故乡移置到了我的眼前，让我在周末的空余时间里可以用满带乡愁的脚步，去一遍遍走进过去的光阴和回味里。

人生不相见，动如参与商。面对物质世界里的故乡，用这样的心境去面对，或许，那颗漂泊的心灵会因此慰藉而美好。

兰：远行的游人对故乡的深切思念浸淫着太多情感，对我来说，思念里有见证年少岁月所有悲欢和梦想的一山一水，有曾经以为会永远伫立在那里为我敞开门的最安全的庇护所，有至爱的父母亲人。但是，当那些山水变得难以辨认，当死神之手已抓住挚爱的亲人，将我视为最安全的所在一瓦一砖的拆卸的时候，我的故乡，它在哪里呢？应该，我可以在心里发现它，连同我的不舍、怀念和感恩，它们一起构筑着一个岸，让我永远可以从容、可以依靠。

边城寻梦

每个人，只要清醒地存在，他都会有梦，梦是我们在夜里的精神，梦是白天和黑夜铰链的纽带。

我是个多梦的人，几乎每天夜里是在梦里度过，在醒来后梦就随风而逝，完全被白天的阳光淹没了。但有一个梦，一直延续至今，在白天，在夜里，无数次地出现，常常让我的思维陷入那悠长而美丽的梦境里，久久地不能回到现实中来。

在上中学时，一次偶然的机会，在语文老师家的书架上，随手翻开了沈从文的《边城》，那书里的故事和对边城凤凰的描写，顿时把我带入了沈从文笔下的故乡。于是，想亲临边城的梦从那时就埋下了不断发芽的种子。那棵随梦而生，随梦而长的大树终于有一天撑破了我梦境的极限，迫使我迈出了去身临其境寻梦的步伐。

　　在我的意识里，凤凰像一个精致的梦，她只适合在夜里到来。让梦慢一点兑现，差不多是每一个寻梦人的本能。速度不快的火车载着我和我的梦一起慢慢地接近。车窗外闪烁而过的一个个画面衬满绿色，如同那流动的音符将我随着滚动的车轮向梦的深处蔓延。在秋日的原野里划过一道深邃的痕迹通向那不停向往的边城。一切慢慢地展开，随风入夜地潜入到时间的深处。因为这一刻来得太迟，因为这一刻来得太快。而所有的身体艰辛和精神记忆，都会在这一刻凝结成一种叫作眼泪的汁液，来回报生命里那些无人知晓的坚忍岁月。

　　我慢慢地向梦中的边城靠拢，我选择了贴近凤凰的最好方式，如同缓慢地贴近我熟睡的爱人。无边的夜幕掩盖着我的兴奋和不安，这样刚好，凤凰构成了一个完美的躯体，即使在暗夜，也在按照她自身的规律运转着，她的心律不易察觉，只有仔细谛听才可以感到她的坚实有力，她的呼吸夹杂着河水的淡甜与兰草的馨香，升腾于水面，出没于山口。夜晚将延续我的想象，这是夜晚给我的最好的犒赏。我在无人的清夜里潜向我梦中的边城。现在，我是一个陌生人，当我在床榻上辗转，于夜光中步入每一条青石板铺就的小巷。

凤凰的美丽风景是她外在的表象，我要在夜里去感受，在夜里去寻找那我无数次想象过的景象。沱江水潺潺地流过小桥，成就了这河边的夜里最生动的气息。丰沛的河水流进长夜，悠长的流水如同时光。这里的夜风轻盈飘逸，轻得足以把生命中浓重的气味化着一缕悠闲。江面反射着月的清辉，一直映在夜行人的面颊上，直到让人呼吸到月的清香和水的湿润。夜色里的一切都变幻无常，像儿时的梦境中抓不住的飞鸟。我穿着买来的草鞋，细软的感觉着这片坚实的土地。平民化的草鞋，让我能够和街巷里的石板进行着最亲密的接触，使我的步伐充满质感。行走时发出的声音，绵密细微，那是我的身体在和脚下的城镇进行的对话，声音里充满了河流的淡甜味和田野的香气。

昏黄的路灯让小巷里的石板路泛着油亮的青光，走在两旁陈年久远的木板房间，如同身处行驶在河间的船舱，这里，装载得最多的是岁月，流淌不止的是沧桑。从偶尔可见的稀疏的门缝里，可以看见那不远处河里的泛光，就在那里，时间和空间在不断地交融，将这里的宁静一点一点地流向远方。

　　凡是读过《边城》的人，心里都会装着一个翠翠。她是河流另外一种形式的存在，她的每一寸肌肤都是秋露和山雨凝聚而成。所以她才清明秀丽，有着透明的秉性。翠翠在水边长大，无意识地美丽着，像朵一阵偶然的风吹落在山间的野花。她是眼前那湾清丽温静的流水，她是洒满一地无处不在的月光。

　　在临水的石阶上，生着一个面容清瘦的老妇，穿着朴素的蓝印花布苗衣，怀里抱着熟睡的孙儿。她吸引着我寻找翠翠的目光，她的模样很像沈从文描写的一样，我悚然一惊，她是当年的翠翠吗？她已等回了那出走远离的傩送，因而才有了那怀里的稚童？我不敢想，也不敢问。那时我的心里很矛盾。我想是，因为她幸福着。我害怕是，我害怕见证岁月的无情。

　　在定时设好的闹铃里一早醒来，我走入了那人迹稀少的山岳，见到那一缕缕从这里的人间升起的充满灵气的青烟。远处野渡无人，视野里有浓有淡。浓的是水边的青石和长满青苔的绿毛。淡的是远处的青山和流动的河水。

　　循着梦的轨迹，在这里走着，我在这里的夜里，寻找沈从文笔下的人影。循着那小巷走到梦的深处。

返程的车票如同一把利刀刺破了我梦境的纸窗，转眼就走在梦的边缘，让我回归了现实。走在现实的地上，一步一步回到准备离去的客居在水边的私家客舍。

我默默自语，如同经意地留下一粒粒催生梦意的种子。我还会再来，重回如许的梦乡。不知何时，我来收获这曾经在秋日里就开始生长和蔓延的蓬勃的藤萝。回望那一路饱含眷恋的旅程，让我感受了梦意悠长而美丽的滋味。感谢那陪伴着我走过这寻梦之路的好友，于他，我心生歉意。

我不敢多想，上路吧！长路绵绵！

漂游在心间永远的白帆

在深夜里，看到电视里瑞典的哥德堡号帆船行驶在太平洋里那优美的身影，为那风里张满的白帆饱满而富有张力的曲线深深地打动，不能不让我想起那在我心里一直飘逸的一张白帆。

嘉陵江源自陕西秦岭的山涧峡谷，逐渐汇合成溪，在流出陕西进入四川境内，因地势低平，江流平缓而开始行船的河道，一直流到重庆的朝天门三江汇合之处。在我很小的时候，因我的家就坐落在常年奔流不息的嘉陵江边，可以经常看见一只只张满白帆的木船逆江而上，缓缓地向上行驶，在前方的不远处，有一行壮年男子，牵着一根长长的纤绳，纤绳通常是竹制的，那一行人，用前倾的身子，赤着上半身，嘴里喊着那有名的川江号子，一步一步地借着在江面上流动的河风的推力艰难地将身后的木船拉向他们心中的彼岸。

　　爷爷曾经也是那一行男人中的一条壮汉，一个常年在这条奔腾不息的江河里弄潮的水手，不知他一生走过了多少遍那江边礁石林立的小路。

　　现在想起来，小时候，最渴望的事情就是在他每次回来，和他一起在夏天的竹林里，借着皎洁的月光，在忽明忽暗的旱烟的火光闪烁里，听他讲述他那流动在嘉陵江里的与船有关的故事。那时，我的脑海里始终会有一张美丽的白帆在晃动着。

　　他出生在旧的时代，家境的贫寒和父亲的早故让他在很小的年纪就承担起了支撑整个家庭的重担，很早就离开家就去外面谋生去了。当过国民党的壮丁，幸好年轻机灵而侥幸逃离了作炮灰的命运，通过十几年的打拼和积累，终于有了自己的木船，实现了多年的梦想。我想，那飘逸在嘉陵江里美丽的白帆就是他多年就有的梦的化身，就是他用前半生的心血换来的改变命运的流动着的根，也是那改变整个家庭命运的一个希望。

　　在我现在的记忆里，爷爷给我留下的最宝贵，最让我不能忘记的是他讲给我他经历的曾经的苦难时的那份从容和淡定，苦难在他的话语里总是轻描淡写地一闪而过，还有那经历苦难的顽强的生命力和决不服输的精神意志，不时还有那饱经沧桑后的略带自嘲的笑声。

那时的嘉陵江江流湍急，礁石密布，逆流而上和顺流而下的江流会给人两种截然不同的遭遇。顺流而下的江面，完全可以给人乘风破浪，轻舟已过万重山的情景。但潜藏在看似平静的江面下的暗礁随时都可以把一路漂流而下的满载货物的木船瞬间化为乌有，游到江岸上看着那一块块远去的零落的木板和被急流的江水冲散的货物，这样的心情，这样的情景，他一生不止一次地经历过。从头再来，积极地面对未来，远去的是磨难，迎来的是希望。从他那朴素而真实的语言地流露出了一个风雨人生里的水上汉子不屈抗争的精神世界，就这样不断地经历着生活的磨难，不断逆行在江面上通过那根长长的纤绳与命运拔河。终于迎来了木船越来越大，白帆越张越满，越来越高地漂游在变幻无常的江里的人生。

几年前，生命力顽强的他终于走完了他九十八年的人生旅程，永远离开了承载着他人生的那条流淌不止的生命长河。那逆流而上的嘉陵江上飘逸的那张白帆，从我的视线里永远地消失了，那曾经张满白帆依旧飘荡的江风里却装着他一生的故事。他一生的经历永远走入了我灵魂的深处，成为我不朽的精神力量，也让我的生命之舟饱含动力。

一年一个秋的等待

每天早上跑步在熟悉的苑地里，那一袭袭晨风里流动在肌肤边缘的凉意让我惊然发现，秋的脚步走来了。每当开车经过那街道两旁绿树成荫的国槐，经过一阵阵清风梳理而撒满一路玉坠般的槐花时，我看到了秋的影子在晚风中飘逸。也许，这里的秋天来得更早些吧！也许，我的感觉在超前一步地领略着秋意的翩翩来临。在我的心里，秋的意境已悄然成形。不由让我走入到那秋的深处，全身心地投入其间。

在一年的四季里，各色的季节，呈现出不同的境意，让我品味出不一样的味道和潜藏其间的人生况味。

春天的日子，经过那寒冬的保养，一点点地探出新鲜的枝叶和各色芬芳的花朵，让大地在睡梦里慢慢醒来，懒洋洋的春风让人们在花乡鸟语里忘我地漫步，快一阵慢一阵地享受着眼前的景色。养眼的绿色和娇艳的花朵留住原本匆忙的步伐，享受着短暂的惬意之后，焦灼的阳光直透肌肤。哦！该离开这里了。夏天没有一点暗示地直逼眼前。原本美丽的春天转眼花落，新绿变成了一簇簇茂密的枝叶，悠扬的蝉鸣不知何时如天降般已经爬满枝头。让闲散的人们都不约而同地去追逐在阳光的背影里。滂沱的大雨也无情地洒落在没有准备的行人的肩头，用浑身的湿淋告诫着人们这样的季节变幻无常，沧海桑田的夏日里随时暗流汹涌。

秋天，只有秋天最能让人琢磨得透，可以用心慢慢地体味出悠长滋味的季节。

秋的颜色没有春天的妩媚，也没有让人流连的芳香，只有在走近那果实累累的枝丫时才可以闻觉出凝练的沉香，那是经过了夏的酷烈煎熬一点点凝聚而成，由里而外的释放出经久的暗香。即使果实坠落枝头，化为泥土，也会满地留香，让人走在成熟而芳香的泥土上步伐稳健，脚下生根。我们走在秋的原野里，满眼的金色让我们倍感心境平和，远离浮躁。在我们的视觉里，那里的色彩仿佛凝固，只有在那一阵阵秋风过后，让茂密的枝头纷纷飘落眷恋的落叶，如同一只只放飞的蝴蝶，远离那催生抚育自己生命的巢穴，演绎着又一个生命轮回的前奏，默默地化为滋养生命的沃土。

秋的世界里悄然无声，不张扬的个性与夏形成鲜明的对照，于无声处蕴涵着秋实的涵养。即使我们在果实累累的树枝下欣赏着她美丽而成熟的韵味，也听不到像夏天那还才刚刚孕育果实时就蝉鸣般的喧嚣，却给那里的景致不动声色地充实着厚重的内涵。

秋日里的风给人以凉爽，让秋池里的鱼儿也禁不住要跃出水面来感受风里的气息。

成熟的秋珍惜生命的价值，懂得迎接她的将是那冰冷的严冬。在秋的季节里，过程凄婉而悠长，荷塘里那一枝枝婷立于寒风中的残荷，秉持着她那不屈不挠的毅力，由绿变黄，由黄而卷曲的枝叶在无声地直面着残酷的冬寒，在呼啸的北风中为秋送上一曲最后的挽歌。最终耗尽秋日里凝聚的最后的气力而倒卧在冰凉的水中，美丽而凄凉地消失在坚冰寒风里。

每年一个秋，即使秋天的影子完全消失在我们的视线里，但弥漫在我们挥之不去的记忆里的那份等待，那份珍重，不由让我们经常回味在秋丰富的韵味里，让我们走在冬日的冰天雪地里也步伐稳健，步履轻盈。

我想，这就是秋的魅力！值得等待，来年又要来的那个秋。

醉入庐山深处的夜

在大约十天前的一个黄昏，漫步在熟悉的苑地里的小路上，手机里的短信告诉我，我一直在寻找出版社并申请书号的事情已经落实，顿时让我漫步在石板路上的步伐轻盈了许多，心也快飘起来了。诚然，书在酝酿出版的过程很不顺利，现在，这终于让我心里的石头落地了，看见了黎明的曙光，仿佛看见了在脑海里经常浮现的书的模样。

提前一个礼拜，我安排好了手里的工作，在一个临近周末的日子出发了。

跟书出版有关的两位女士接待了我，在我跟她们交流的过程中，让我感觉找到了知音。对丁我的见解，对于我的计划，以及整个思路的把握，她们都很明白我的初衷，深深地让我感激不尽，真的算我幸运了。通过与她们的交流，她们还在很多方面弥补了我没有想到的很多问题，也提出了很多很好的思路。良好的开端是成功的一半，对此，我已经深信不疑。

就这样，带着一份很好的充满期待的心情上路，面临着如斯的境遇，已经让我倍感欣慰了。可后面的际遇更让我匪夷所思。

来南昌之前，仅仅告诉过一个学生我的行程。等我到了这里，原本有些惶恐和孤独的心理忽然一下子充实起来。几个朋友先后打来电话要盛情款待，以叙久别重逢的情义。我当然会遵循那出门靠朋友的逻辑了，不得违抗。计划在这里办事一天，然后去看看几年前与我擦肩而过的庐山。向来认为，美丽的风景当然要用好心情去迎候和呵护，才对得起上天赐予给人间的精灵。

干净利落地办好了与书有关的事情，在朋友的一片热情和举杯畅饮之后，当然的目的地就是那心仪已久的庐山了。

我想，有了事情的顺利进展，有了好友的一路相送，怀揣着一份美丽的期待，这样的心境，不会怠慢了我一直向往的庐山了吧!

第二天，一早起来，陪我一起驱车上山的是另外一个在九江的朋友。因为我的到来，他已等候多时了，细想起来，心里真有些过意不去，但转念一想，出门靠朋友嘛，心里也因此踏实了许多。

汽车驶过一片平地后就很快进入了开始起伏的山路。一路上，我的心很是忐忑不安，面对这等候多年的相见，我该用如何的心境，如何的角度去欣赏她，去读懂她的美。在我看来，只有这样才不虚此行。面对这样的仁山圣水，要有一颗虔诚细腻的心怀去和她交融，我想，这才是善待她了。

汽车穿行在山脚下向上蜿蜒盘曲的环山公路上，婉曲的公路完全掩映在绿树成荫的怀抱里，柔和的山风带着一缕缕清凉飘进车厢，让人感觉在风的世界里飘悠。一束束朝阳的光柱透过树荫，夹着那芳香扑鼻的晨露撒满一路的坦途。放眼望去，我们行进在一次次白天和黑夜之间由光与影互换着的节奏里。汽车的声音完全淹没在一片原生态的蝉鸣里，仿佛一叶轻舟飘逸在天籁之音的海洋里。顿时忘记了眼前的景色，陶醉在这自然的美妙里。

　　在我看来，在这里，给我印象最深，最美丽迷人的景致还是那庐山深处的夜。庐山外在的美丽景色已经成为记忆里的胶片，而夜里感受到的一切，会天然地编织成包裹心灵的袈裟。眼睛看到的往往是风景那美丽的躯体，由心感触到的是风景的灵魂。而在这里的夜里，当然只有用心去感受一切，用心去体悟那潜藏在风景深处的心语了。

　　让我去感受那看不见，却可以用心倾听置身夜里的发现吧！

　　在华灯初下的夜色里，灯光昏黄，树影婆娑，白天看到的美丽景色，这时感受到的美如同熄灯之后脱去华丽外衣的可爱的妇人，开始静静地释放出在夜里的魅力了。伴随着这样的心境的吸引，不用思考，不用选择，径直绕开大路，漫步在向夜的深处蔓延的小路上。那里，是隐藏在大山深处的夜的灵魂，是由美丽和魅力糅合出风景的绝妙之处。

　　潮湿的空气里飘着夜里晶莹的水珠，在灯光的投影下幻化出一道道优美的彩虹，仿佛是为晨起时准备好的点妆。小虫的鸣叫为这里伴奏出舒缓的夜曲，一阵阵，此起彼伏，如同那在夜里潜流的波浪，在无边无际的夜里流淌，跨越这里的时空，一直流向绵绵无尽的夜的深处。夜里，这里的夜里，我感受到了山风回荡飘来的阵阵清香，时而激荡，时而温柔地释放出让人难以抗拒的幽香。这夜里的气息，是青山之间回荡不止的神韵。

越往深处走去，不由自主地会放缓脚步，轻轻地走在夜的身边，用细腻的触觉，如同欣赏着那静静睡去的美人儿。陶醉在这深深的夜里，浑然不知已经走在了山岳的脚下，可还止不住想一直走到那通往夜的更深处。

猛一回头，这时才发现，自己已经深深醉入这魅力无边的夜色里了。

相期以茶

多年来，一直专注于自己的成长和发展，疏远和久违了许多自小以来的伙伴和朋友，还有求学路上一路走来的同学。当然，也更因为自己不愿走动的天性使然，让身在繁华都市里不惑的我，倍感自己人到中年之际，徘徊在生命的缝穴间，不时有孤独袭来的阵阵凉意。

中午，去见了一个来京办事的二十多年前一起上学的同学，短暂的相处和交流中，免不了要谈过去记忆的许多人和事，孩童时代的天真和欢乐，透着淘气的天性的许多故事，在同桌饭间的共同回味里飘来儿时记忆里的缕缕炊烟，走入了洗去昔日的烦恼迎着崭新的朝阳一路欢快地走在蜿蜒的上学路上的记忆里。虽然在现在看来，那时的境况固然不佳，那时的时光流逝也很绵延，但那时的心境，终因少年不知愁滋味而显得无限美好和悠长。

　　几年前的一次外出旅行，在行进的汽车里，拿着相机去捕捉从身边流逝的美丽景色，在心里总想着那里美景无限，让最美好的景致出现后我再按动快门，可一路走过，怎么也没有找到自己觉得最美的风景，眼前的景致怎么也没有已经过去的风景那般美好。不由一声感慨地说给我身边的朋友，"最美丽的风景往往在过去的记忆里"。这不经意间的一语，忽然点亮了我漫步在人生旅途里的天启。当我们面对自己，面对眼前的时候，可能我们面临的是人生最美丽的景致。但这往往成为我们疏忽地抛在脑后的云烟，成为我们很多时候冥思苦想里的美丽回味。

　　到了现在这样的年龄，步入了如许的人生状态，那富有活力的朝气如回潮般慢慢退去，更多的时候在思考着自己的未来，在厚积薄发之间如何挖掘自我，让生命之花的果实不求很大，但求很实，让生命之树走入秋天的时节伴随丰硕。

　　生命里的旋律和歌声，其实一直在交响着，在奔波的一路风尘上，更多的时候只有自己在说，也只有自己在听。其实一直在等候一壶浊酒迎旧友，一杯清茶邀明月的人生境遇，畅谈过去记忆里美好的往事，细品人生的滋味，如何不是一种缥缈在青山之间的岚烟雾霭，可遇而不可求的人生期许。

人生如茶，不同温度的泉水，飘逸出不同味道的清香，只有那滚热的沸水沏出清茶才有浓郁的清香，才有让人举杯不已的滋味，也才有那让人回味不止的记忆里留香。

面对人生的一路风尘，面对自己记忆里美好的回味，用茶的经典，用茶的禅义去启发我们的智慧，去伴随我们的人生。也许，当我们手捧一杯清香四溢的清茶，那时，在茶杯内外飘然的滋味，都会点滴在心头，久久不会消散。

相期以茶，期望我们在不时回望着自己走过的一路风尘时，那时的感慨，如同品着手里捧着的那杯清茶，或许清香，或许苦涩，或许有说不尽的滋味。

网友：又见高见，可喜！希望大家如茶般的经典之词带来无限的启发和智慧，无疑是一杯回味悠长的清茶！

水鱼儿：茶水是茶的眼泪。一枚茶叶，跨万水千山，历无数机缘辗转，终于能与你的唇舌相遇，彼此间要有怎样的珍惜和感恩才不辜负这份缘？

网友：水鱼儿的留言，颇具琼瑶式的感动和煽情，如此深刻的体会和感悟，想必一定来自于内心深处不同凡响的情怀，表述的如此凄美，让人叹服！茶水为何要是茶的眼泪！一片小小的茶叶在期盼中历尽千山万水，是为了完成前世未赴的邀约，水，最终成了茶表达思念的语言，就算在痛苦的挣扎中被沸水溶化，能为相约的人片刻间唇齿留香，是何等幸事！哪怕饮茶的人不懂得是千年的等待到了，又何足惜，何足悔！

受之于美丽：今天突然想起了你的网页，就来了。 如果说你的手术刀创造的是冷冷的美，那么你的文章创造的是静静的美。淡定的情感来自于超然的心境，美的使者便能把美从表面延续到心灵……

默然：正因了那份孤寂中的不懈追求，所以你才有了这份从容和镇定，丰富和宽厚，谁说事业与朋友不可兼顾呢？只需稍用点心，自然有朋友自远方来，一壶清茶，围炉夜话，一起回味那些悄悄从我们手指间溜走的时光，实在是心月开朗，神清气爽呢。

信任的重量，化天涯为比邻

自从我的网络杂志"美丽有约"开始登陆以来，就陆续有很多来自不同的地方，带着不同的美丽愿景来到我的身边，述说着各自不同的境遇和期求。在这漫无边际的所谓虚无的世界里，在世界的各个角落，通过网络的神气魅力，在本不认识的人们之间，找到自己信任的彼岸，不仅成为可能，还是一种轻松的途径实现自己的梦想。

在我众多的经历的求美者里，来自世界四大洲三十八个国家的女性。当然，那些在异乡发展很不错的华人女性，在异乡的国度，通过"美丽有约"的一线牵引，还是选择了回到自己的祖国来实现自己的梦想，已经困扰了她们多年的爱美的求美之梦。在与她们联系和接触的过程中，有很多让我不能忘记，甚至让我感动的情节，至今还不时萦绕在我的耳际和脑海。一次次地促使着我将其变成文字，留在温馨的空间里。以便日后方便去经常地回味着，畅想着，这样爱美的人们和美丽着的女人。

她们每每在越洋电话里与我通话的时刻，同时伴着那优美动听的"春江花月夜"背景音乐，这是最让我有成就感和陶醉的时分，通过虚无的网络，传递着人与人之间的诚信和肯定，在那万里的远端，有一个长期观望着，考察着，仅仅因为爱美的心和美丽着的梦驱使着的信心，在等待着让美丽的梦想可以实现的契机。

经常的时候，在不经意的时刻，在我的办公室门口，等候着我的来自远方的朋友，没有一声提前的预约的信息，也没有电话的交流，径直从遥远的地方，看着网络里我经常变动着的信息的规律，肯定地推测我就在岗位上，毅然决然地来到这里，带着自信的表情和充满渴望美丽的眼神。这样邂逅美丽的境遇，是她们在若干个宁静的夜晚，伴随着优美的音乐，吸纳着"美丽有约"释放的信息，经历了几年岁月的变迁，来自于遥远的信任也不曾变过。经过几天手术的恢复，就又回到自己的空间，如风平浪静一般，鸟儿从天空飞过没有留下痕迹，但美丽却飘然于她们的脸上和眉目之间，一样的没有任何音讯，往往是在恢复和享受着美丽的心境。如同孟子所言，忘脚，履之适也。

至今还让我记忆犹新的一位女士，来自驻国外使馆，自从发现并喜欢我的网站后，几乎每天都在我的网络里关注着，尤其是留言板里的信息，同时高度观察着我的态度和责任心，在我们见面准备手术的那天，她非常理性地告诉我，在准备手术前的两年时间里，几乎全天候地关注着我的一切网络上的变化和信息，如有不妥之处，将随时删除记忆里对我的信任。在她的言语之间，我充分地领略到来自遥远的信任何等不易，但这样的结果固然对我是一种很大的鼓励和莫大的欣慰。

前几天，一个在遥远的北半球定居的女性，"美丽有约"的如约之旅也让我不能不将其留在馨香的墨纸上。身居遥远的国度，仅有几次很简单的电子邮件的来往，她进门之际的充满信任的眼神里，让我感受了信任的重量赋予着在本不认识的医患之间何等丰富的内涵。当然，在那网络没有时空制约的他乡，从那里，她找到了可以让她从容自信实现美丽的途径，从那里，也找到了通往四季花园的捷径，那里，可能满园飘香……

就在这篇文章行将落笔之际，一位年届60的女性，敲开了我办公室的门，言语之间，谈了很多在近3年里对"美丽有约"的关注和喜欢，今天，终于找好了机会，见到了网络的主人。让眼睛变得更美丽些，让眼帘变得更年轻些！至今我还记得她临走时的交代，约好周五的手术，我可得好好记住她的话。不失望于她3年来走一回的"美丽有约"！

让未来可以走入梦里，让过去可以留在今天，让今天可以永远绵延，让美丽与生命同在！

这不是梦想！

面对生命的真诚，让静水深流

在前一段时间，电视里一个电视片花引起了我的注意，百岁老人周有光，在世纪人生里的故事，让我非常感慨。老人在58岁的时候，服从组织的安排，从金融行业一下转行到了语言文字方面的研究，从一个出色的银行专家到了后来权威的语言文字学家。一个从爱好演变成了严谨的学术的传奇。直至今天，老人还在自己的爱好和学术合一的精神天地里忘我地耕耘。这让作为后生的我们，不能不一阵阵感到汗颜。

这种面对人生的真诚，也不能不让我想起我的一个已经逝去的老师的故事。

他毕业于教会医学堂，通过严格的淘汰，在毕业时，他成为仅有的十人之一。在建国初期，他已经成为学术权威，在很多领域都填补了国内的空白，成为他所从事的领域里很多手术开展的第一人。在"文化大革命"时期，他成了反动学术权威而被下放。鉴于他态度比较端正，他被分配到医院的后勤部门从事病房清洁卫生工作。在那样的条件下，他没有抱怨，没有表现出不满，看到过去自己的舞台与自己无缘，作为同样是外科医生的我辈，怎么能够理解他当时的心境。然而，他那种面对新的工作的态度，却不能不让人由衷地感叹和佩服。一次院领导来病房检查，看到他正在满头大汗地清理厕所，看到他将一贯脏乱不堪的厕所打扫得干净无比，院长的评价让人玩味，"你的工作能力超过了专业清洁工的水平"，老先生在饱经风霜的脸上荡起了一丝微笑，毕竟自己的工作得到了领导的认可，何尝不是啊？！也许他的真诚感动了领导。不久，他被调到了手术室做一名推车工，在那蜿蜒曲折的苏式建筑的走廊里，那里成了他工作的天地，成了他一块乐土，也在那里留下了一段佳话。老人在很短的时间里，将四个轮子的接送病人的手推车玩弄得行云流水一般，如同娴熟的艺人在表演，每当他经过那长长的走廊的时候，一群群医生和护士，都不由自主地停下手里的工作和脚步，用异常尊敬和欣赏的目光，赏心悦目地看着他有些佝偻的背影从身边流畅而过。当然，这样非正常的人生境遇，在人生的跨度里，也就是一瞬间而已，他面对人生如斯境遇的心态留给人的思考，留给人的感叹，不由时间的逝去而消失。每当我给别人讲起他的这段故事的时候，无不得到让人肃然起敬的尊重。那种面对生命的真诚，面对逆境的豁达，生命的韧性，让人叹服不已！

若干年后，他成为一名蜚声海内外的医学大师，当选了中国工程院首批院士。

人生纵然短暂，生命也很脆弱，但在漫漫的人生路上，有风雨与我们相遇，有彩虹与我们相约，如何让自己豁然面对自己所经受的一切，需要我们在不同的时期去思考着同一个问题，如何真诚地面对自己，坦然地面对无法预测的未来，如同静水深流一般，永远一江春水东流去。

或许，当我们回头看过昨天的时候，一片浩瀚的海洋，就在我们眼前。

或许，就在我们没有经意地时刻，彩虹就在我们的眼前不远处呈现。

在职业和爱好之间来去自由

今天，周末，难得的一个休息的时日，本来安排要去郊外，在晨起后看到的几条手机短信，让我的计划又落空了，只好来到我的办公室，来等候和接待那一个个从不同的远方来到眼前的陌生又熟悉的爱美女人们。

这样的情况在我的周末经常遇到，还有很多都是不期而至。来得那么突然，来得那么直接，超出了我的预期和想象。诚然，见面时的一丝诧异和喜悦从她们的眼神里都能捕着到。每每在那样的时刻，我们的谈话都是从我的网络和我的文字开始的。从她们的言语之间不时流露出一个美容外科医生的精神情怀和眼前面对的医生的差距，感慨于医生和他的文字之间表达出的意境和现实之间的差距，诧异于怎么能够在如今的现实中能有如许的文字从一个医生的指尖流出。面对如此的疑问，在我的心里，或许正有一分收获的喜悦来自她们的诧异，来自于她们的共鸣，作为一个美容外科医生，得到她们这样的思考和对待，我在想着，也许，通过我的网络，表达着我有限释放的内心世界，我的愿望实现了。

在闲暇之余，我少有应酬，不喜欢聚众。喜欢在我的网络陪伴下，在舒缓的音乐声中，阅读着我喜欢的书籍，不时将我的目光切换在书页和网页之间，那份意境，我觉得很美，如同在夜阑人静的时分举杯邀明月，与一个很熟悉的老友叙谈心里的故事。那时，可能我的很多对于自己人生的感悟，对于自己职业的思考，却有着丰富而流动的澎湃。每每在那样的时刻，很多我心里的文字，不由我的控制，就会跃然纸上，一会儿就墨香习习。

我时常阅读很多在文学和艺术上都有造诣的前辈的文章，著名绘画大师吴冠中的人生境界，一直以来都是我在思考和借鉴的楷模，他那精湛至高的绘画艺术，我不敢评价，却只能仰首视之，更让我叹服不已的是他那犀利细腻的散文，让我每每在阅读的时候拍案叫绝，叹服于他那在艺术和爱好之间来去自由的人生境界。

　　诚然，我面对自己，一个医者，曾天和无数可爱的爱美女人演绎出很多不一样的美丽重生的故事，自己技艺的造化和实施无疑能够给她们带来俏丽的面庞，自信的心境。自从我的网络杂志登陆以来，我尝试着用自己不同的文字，去表达出美丽世界里潜藏的心机。当初，这只是作为自己的一个爱好而已，自娱自乐罢了，这网络的天地，完全由我主宰。然而，在不久后，结果却让我始料未及，我的很多来自网络的病人，在世界不同的国度，她们一直是我文字的忠实读者，她们对于我的文字的那份喜欢，那份认同，经常流露在我的网络里，在我的邮件里，也经常闪烁在QQ留言里。这样的境遇，我真没有预料到。让我在成就职业技艺和操守的时候，不经意间多了一份爱好和喜悦。这也是我没有准备好的一种人生状态。

　　每每我的文字在网络里发布以后，越来越强烈的感受让我不断觉得，在那里，如同我种下了一棵棵春日里生机盎然的小苗，待到山花烂漫时，谁在丛中笑？有你，有她，当然，还有我!

　　面对自己的职业，始终会求索在山外青山无止境的长路上，用自己饱含墨香的文字，撒满一路风尘，漫步在现实和理想的边缘，行走在职业和爱好之间，来去自由，也许我不会寂寞和孤独。

等待美丽：我是为了曾做失败的双眼皮而苦恼了很多年，这次是抱着试试的心态求助杜医生，先在电话中传出杜医生爽朗的声音：行，你来吧，我看下。我如期而致，我小心的扣开办公室的门问，请问杜医生在哪间办公室？　这时站起一位英武挺拔，阳刚精神的军人，热情地说，"我就是。"我简直是有些受宠若惊了，有哪位医生这么对过我啊，而且和我的想象太不一样了，我在网上见过照片同时也看了到了医学常识，但是绝没有想到杜医生是如此的英练精干，而且也完全颠覆了我对四川男人的概念。杜医生对我的求助悉心聆听后说，你的这只眼睛不用做了，只做一只眼睛吧，缩小差距。诚恳自信的态度让我如沐春风，我心里有谱了于是毫不犹豫和杜医生预约了时间。回到家，我再一次打开了杜医生的网页，这一次是我不是求助手术而来，而是我想了解这个出现在我面前的医生，一篇一篇文章读下，我被深深地感动着，我即使不是一个求美者，也会为他如此致美细腻情怀所感染打动，文字是心灵的文章，那么让我再感受一下您的手术刀吧，我愿意成为您的一幅作品，让艺术之美相通共融。杜医生，阳刚干练洒脱的您怎么会有如此之情怀之美呢？

咖啡时光：医生的为人是诚恳的，思想是睿智的，文笔是优美的，技艺是高超的……这是医生留给所有接触过您的爱美女人的印象。能得到众多女人的赞美和欣赏，能从容地漫步在现实和理想的边缘，行走在职业和爱好之间，来去自由，这该是一件何等美妙的事，又是一个多么好的人生状态！厚积薄发，水到渠成，何须准备！需要拥有怎样的一种豁达淡定的气度，才能达到"任天空云卷云舒，看庭前花开花落"的境界，医生能做到，可那些怀揣着各种美丽心事的女人，有几个能做到？为一个温暖的眼神而感动，为一个美丽的梦想而沉醉，也会为一条皱纹的出现而焦虑，为一份遥远的思念而流泪……女人的心，是缜密而容易受伤的，在医生的面前，我们，我，都是汗颜的。

好运MIA：清晨我遵守约定在早九点前赶往黄寺美容外科医院，这里是我既熟悉又陌生的地方，早在十多年前，我及我的家人曾在这里文过眉和做双眼皮手术。一晃已是十多年过去了。今天是我近日来第三次来拜访此地，其原因就是想再确切地咨询一下自己是否可以再次做整形美容手术？也许是因为和这里有着一份的情感，也许因为这里有着那可以信赖的人，我最终锁定了目标：杜医生，非他莫属！这也许是一种直觉，也许是缘分，我只想和杜大夫交流，才会安心，才会得到满意的答案。这就是我近日来访第三次的原因。九点十分杜大夫在给病人换过药后，急匆匆地回到了他的办公室，我是他今天接待的第二位病人，初次见面，我暗自思量，嘿嘿，这位大夫和照片上的他略有不同，他白净细腻的肤色，高大的身躯，斯文的眼镜背后流露出他那与众不同的才气及亲和力。他听了我来访的理由，分析了我目前的状况，给了我一个出乎意料的答案，那就是：目前不必做任何整容手术！这一回复在我看来即失落又很欣慰。失落的是：我那种急切需要再次美化再造自己形象的计划没有得到实施。欣慰的是：难得现在还有这么好的一位终守医德的好医生！他不会因为金钱而违背自己的医德！更不会因为名利而散失自己做人的职业道德！我敬佩杜医生的为人！敬重他的医德和修养！钦佩这位军人那种内在美的气质！我由衷的向您说一声：感谢您，杜医生！您是我可以信赖并终身受益的好医生！祝福您工作顺利！快乐平安！

涌动不已的清泉

离开故乡已经很多年了，心里一直有一个美丽的情景至今不忘，还跃动不已地在我的脑海里一次次出现，牵动着我的记忆，翻卷着我思乡的情结，让我在一个个月圆想家的夜里，不由得拨通家里的电话，向年迈的父亲问及那在我心里涌动的清泉。

在很小的时候，离家不远的山脚下，有一眼山泉，常年不止地流出汩汩清澈的泉水，好似从山脚下飘过的一缕清风，不舍昼夜，不分寒暑，总是那样真诚地从大山深处永不停息地流淌出我们在不同时节需要的温度，始终那样默默地给予我们恰如其分的温凉。在酷暑的夏天，每当我们走近她身边的时候，远远地就可以感受到盛夏里渴望的清凉，站在离她很近的地方，能感受到泉心的细语，叮叮咚冬地说个不停，仿佛在告诉我们大山深处的秘密，让年少好奇的我们多了一份贴近自然的乐趣。

在故乡的冬天，尤其是大雪纷飞的冬天的早晨，那冰冷世界里的一个温暖的去处，自然是那山泉流出的地方。一股股蒸汽不时地从那里飘逸而出，给白雪皑皑的田园增添了一份生机，一份难得的情趣。最美妙的感受是将快要冻僵的双手伸进那热气腾腾的泉水里，如同进入了那温暖如春的溪水里，那样的感受虽然久违多年，现在回味起来，还是那般记忆犹新，如同双手刚刚离开那温热的泉水。

最让我不能忘记的是每天上学和放学路上因为她的存在留给我的美好记忆。上学路上的早晨和晚上归来时清泉的情景给我的感受却不相同。

晨间的清泉，掩映在四周苍翠的青山怀抱里，如同刚刚沉睡醒来在溪边洗浴的妙龄少女，身影清丽，长发飘逸的身影印在清澈的水面上。那一股股从青山深处流淌出来的泉水，多像那随风飘逸的裙裾，一路欢快地流向远方。叮叮咚咚的水流声如同一阵悠长悠长的鹅哨，在静谧的晨间青山峡谷里飘绕回荡，让我忘记了上学的步伐而流连沉醉在这美丽的情景里。

放学回来，掬一捧清清的山泉水，那清冽甘甜的滋味，还回味在我记忆的深处。头顶着夏日的骄阳，心里揣着清泉那清凉的吸引，还有那泉眼流出的风景，是我每天放学回来必然要去到那里的牵挂。夕阳归山，晚风摇曳，那泉里流动的影子，让目不暇接的我如同在欣赏一幅美丽而流动的山水画，绵延婉曲地流向远方，用她那清澈的滋养抚育一片青青的芳草，那茂盛的青绿就是她留下的轻盈的脚印，让殷殷的细流默默地潜入到那泥土飘香的原野。

还记得我上大学离家的那天早上，我挑着行囊经过她身边的时候，不由自主地放下肩上的行囊，慢慢地靠近，仔细地端详着泉眼边的一草一木，手掬一捧清凉的泉水，还是那般甘甜，洒满面颊的感受，如同清风拂面。用我回头的目光，不舍地将她留在漂泊异乡的永远记忆里。

曾经多少次在电话里向父亲提起那还在记忆里清晰而流动的清泉，远离家乡的游子，时时由那蜿蜒流动的泉水牵引着我不停地脚步，那流出的一股股清澈的细流，如何不是我那不断积蓄的乡愁。伴随着我的思绪，我的脚步，不论我走到哪里，不论我心在何处，那绵延流淌的清泉，如同一根剪不断的丝线，牵动着我的心绪，翻动着我不断丰富的记忆，一直流淌着，跨越时空，缓缓地流进我的心里，流进我生命的长河里，不断地滋养着我那承载着饱满人生的内心世界。

那不断涌动的泉水，成为我前行在人生路上无尽的动力和滋养!

隐藏在青山之间的精灵

在前几天一个夜阑人静的时候，很晚才播出的《再说长江》的大型纪录片里讲到武当山的时候，一下子将我的眼球吸引过去了，画面里那仙境般的圣地流淌出一个又一个道家文化的智慧和无限深邃的时空永恒。一栋栋悬崖峭壁间的庙宇，让古代劳动人民的智慧经久地汇聚成凝固的音乐，和山风一起飘绕在那遥远而又祥和的山谷间，成为一个个信徒跋涉在陡峭的山路间时不会寂寥的音符，一个又一个的天机在这里自然地流泄。

一个青山绿水的画面最让我不能忘记，在无数视角转换的时候，我的思维再也不能跟着镜头起舞了。

在一个山腰的悬崖石穴里，有一个老道，看来有80多岁的年纪，精神矍铄，笑容可掬，满身仙风道骨，仿佛时间在他的生命里流动的异常缓慢，岁月的风霜在他的脸上如微风般轻拂而过，更让人不能不被感染的是他的精神风貌和溢于言表的内心世界。露天的锅台里，正在翻腾着道士的素斋，旁边的一个碗柜里，一半是蜜蜂的巢穴，一半是自己的衣钵所在。记者的语言，引申出他对蜜蜂小精灵的呵护与和谐共存。每年的春天花季到来的时节，是他和这一群群精灵为伴的佳期，每当春暖花开的季节，他如同慈母盼儿归那般期盼第一只蜜蜂的回来，言语之间流露出他们重逢后的幸福和满足。一只小蜜蜂像淘气的小孩在他的耳朵里乱跳，老道士面对小精灵的调皮如同人间爷孙之间的嬉戏一般。那表情，那神态，只有习惯了超然，习惯于无争的人才有可能自然流露出来的豁达和宽慰。在这里，人与自然之间，人与生灵之间，天人合一，物我两忘的人生境界，只有在这远离尘世的山水之间，怀揣着出世情怀的修道之人的内心才能流露出来，来得那么和谐，来得那么自然，来得那么隐藏于山水之间的默然。他们的存在，不就与和他一起与青山为伴的小蜜蜂一样吗？

造化着自然清新的灵魂，演绎在人生与自然之间，与青山绿水相映成趣，青山的四季更替，在他们人生的跨度里，生命和自然衔接和过渡的那么无痕和绵延，以出世的心境，幻化为入世的因缘。身在红尘的我们，怎能用常用而平凡的词汇，去解读他们的内心世界。理想在哪里？归宿在哪里？ 也许，在永恒和瞬间之间，只有平静和自然，才有真实的人生感悟。他们在与现实世界相距甚远的地方，用他们自愿接受的方式，用他们一生的清宁，为我们擦亮了一面明晰的透视人生真谛的镜子。

无限风光在险峰，要寻找人生的答案，或许也要经历长途跋涉，面对另外一种人生方式，去思考着我们面临困惑时的一个个不得不去解开的结梗。

也许是吧！

大浪淘沙，去发现我们自己觉得闪光的沙砾吧！

回眸：再见佳作，如甘霖雨露，沁人心脾。

感慨于非凡的情怀

多年以来，一直想把这个在我的心理沉淀许久的故事写出来，也许是受到了来自网络FANS们的鼓励，来自于她们对我文字的喜欢。不由让我在这周末的阳光照进来的闲暇里，将她见诸笔端。了却我由来已久的心愿，也算是对我生命里最敬重的人的一种心灵表达吧。

细细想来，只有命运之神才有这样的魔力让我在人生的跨度里与他相遇。

他就是我读研究生时的导师，一直在灵魂深处不断启发着我人生思考的老人。

让时光倒流，我是在二十三年前的研究生面试时第一次与他相见，从此开始了我们人生不解之缘。他高尚的人格力量一直以来就是我人生路上不断的动力。

他出身名门，父辈是旧上海的名商巨贾，青年时期就读于国民党时期的中央大学，毕业后师从我国著名心血管外科专家吴英恺教授，在经历八年的外科医生生涯后，"文化大革命"的浪潮彻底改变了他的人生轨迹，由一个出色的外科医生被以反动学术权威的名义下放到医院的电器修理室做了一名机械修理工，一干就是八年。多年以后的同事闲聊中问及他为什么不干心脏外科了，他老先生一笑幽默之，电冰箱的压缩机不也是它的心脏吗？我一直是在钻研它啊。八十年代又才恢复他的学术地位，开始教书育人。面对人生，面对自己的未来，在他的眼里，始终是那么的豁然，干好自己眼前的事情，是他向来的追求。

最让我感动和不能不提的是他和师母的爱情故事。

我见过他年轻时的照片，在现在看来，是男人中的精品那种类型，仪表堂堂，气宇轩昂。我的师母，是我国著名心脏外科学家的女儿，是大学时期的文艺活跃分子，话剧《日出》里的陈白露是她的经典之作。在中正医学院毕业后与她的同窗好友有着山盟海誓之约，在周总理发起的医学工作者向我国著名妇产科学家林巧稚学习的浪潮中她们也立志祖国的医学事业，誓言终身不嫁。师母在北京，她的那位同窗闺蜜在上海。老师的出现打破了她们之间的平衡。当然，师母的决心是很难动摇的，还有外在的一个监督机制。老师一直坚持不懈地在八年的时间里表达着他的一翻爱意，她岿然不动。直到一个国内上海籍的知名女星在不断追求老师的消息被师母知道了后才彻底改变了坚守八年的意志而结为百年之好。可上海的同窗闺蜜因师母撕毁条约而不能放过了他们，一个君子协定恢复了她们原有的平衡。在儿子满月之后，夫妇俩将襁褓中的儿子毅然送到了上海，儿子一直与同窗一起生活，也将终身不能与他们在一起。一直到现在，他们俩一直相依为命，儿子远在美国，成绩斐然，优秀无比，他们对此没有怨言，没有期望，一切靠自己。在无数次生病住院甚至病危的时候，远在美国的儿子全然不知发生的一切。尽量不让儿子担心是他们的当然要求。

在我读书期间，在他的实验室里发生了两件不小的事情在我身上，他始终是很平和地教诲着我，没有一点训斥，没有责难。让我当时的心里更加难于回避眼前的现实，更加感动于他那豁达空灵的内心世界。

毕业以后，我与老师分开了，但我们的联系，其实比在他身边还要紧密些，我当然不会因地域的改变而疏离和他的心理距离。每每遇到人生困惑的时候，每每自己取得了一点成绩的时候，我都会在电话里和他长篇大论，聆听着他的人生智慧对我思想的启发，感受着那跨越年龄，跨越地域的人生真谛。

每每要去到与他距离不太远的地方，我都会绕道而行，专门去看看两位已经年迈的老人，并在他家小住一晚，共叙师生情长。

每每他们来到北京，是我最高兴和幸福的事情，登门去看望他们的时候，老师用那如父亲般温热的手握住我的手放在我的腿上，那一个时刻，我的眼泪不停地克制着旋转在我的眼眶里。

这就是幸福的感觉！这就是人生的温度！

随想大岛茂

还在我上中学的时候，刚刚打开窗户面对世界的中国，吸纳着来自外面世界的新鲜空气，使久违了的人性温暖又回到了人间。一部《血凝》，让日本情侣演员山口百惠和三浦友和永远留在了中国百姓关于二十世纪八十年代的记忆中。幸子的病情当时牵动了无数中国观众的心，而宇津井健塑造的外表冷漠、内心火热的大岛茂形象也备受观众喜爱，一时间大岛茂成了好医生，好父亲的代名词。自那以后，时已久远，留在我心里的还是那大岛茂的医生形象给我的记忆最深，影响最大。

在医学院见习的时候，我们的功课到了临床阶段，一半理论，一半临床见习，往往是在上午学习临床理论，下午去医院见习。我还清晰地记得，一个夏天的下午，我们一组同学来到了附属医院的儿科病房，年轻人那通常有的毛病在刚刚进入临床时就开始表现出来了，虽然到了上班的时间，同学们稀稀拉拉地来到病房，带我们见习的是个带黑边眼镜的中年医生，眼镜的度数估计不浅，在日光灯的照射下镜片上的光环密布，藏着那已经丰富的眼神，面相颇为严峻，两腮发青泛光的皮肤一看就知道他善于修饰自己茂盛的胡须。当他看到我的一个同学穿着拖鞋走进了医生办公室，待这个同学坐定，就听到了那如洪钟般的富有磁性的声音，"作为医生，要做大岛茂那样的医生，能够给病人带来信任，带来信心，也带来尊重……"

至于他还说了什么，那天下午还经历了些什么事情，我现在已经全然记不得了，只有那句要做大岛茂一样的医生的话将我当时的思维一直定格到现在，可能还会延续到我以后的从医生涯。

诚然，医生的形象带给病人的感觉，在很多时候是超乎于技术的。在我从事美容外科这个行业以前，曾经是在面对一些身患疾病的病人，我有很深的体会，病人对于自己疾病恢复和治疗的信心，很大程度来自于对医生的信任，至于给他们治病医生的业务水平到底如何，很多人只有通过他们每天与医生接触的经历中去细腻地感知，医生的举手投足，一言一行，都在无形地牵动着病人在疾病困扰和折磨时那份敏感而脆弱的神经，那时的他们往往非常固执，相信自己直观的感觉。医生的一句很平常的语言，他们会当着金玉良言；一个很微妙的眼神，他们会当着医生对自己的疾病程度的暗示；一句很温馨的语言，有时会超乎良药而取得神奇的疗效。医生对于病人的关爱，会大大加快病人康复的步伐。

在我从事美容外科工作以后，对于这方面的感受随着自己阅历的增加而更加深刻。来到我们面前寻求美丽的女人，在生理上都是很健康的个体。往往是缘于工作、生活或感情生活的需要而要求改变自己看来不太满意的外表，通过外在的变化而满足来自内心的心理需求。在客观上她们有充分选择医生的权利，她们在面对不同的医生，她们会有不一样的感觉，从而在直观上决定着选择为自己手术医生的判断。在她们看来，能够读懂她们内心，富有同情心，有审美情趣的美容医生是她们的必然选择，来自于医生的信任是她们实现美丽，向往美丽的一个必经之路，只有获得对医生的信任，才可能迈出实现美丽的神圣的一步。将自己的身体托付给一个本不相识的人，这需要何等的信任，需要何等的勇气？！每每在得到这样心仪的时刻，我倍感自己肩头的责任，倍感握在手里的手术刀是何等的闪亮！

作为一个给人带来美丽、丰富心灵的美容外科医生，修炼自己的技术，德行，同情心，还有情操，将是伴随我人生的必修课，无法回避，只有不断地去丰富自己，包括灵魂深处的不断觉醒和感悟。

我有一个梦想!

美丽的创造和改变要能够满足人们灵魂深处的需求，唤醒沉睡的心灵、愿望和情欲，还要使想象在创造形象的悠闲自得的游戏中来去自由，在赏心悦目的关照和情绪中尽享欢乐!

记忆里的春天

前几天，父亲在电话里告诉我，老家的油菜花已经陆续开起来了，等不了几天，全部就会开起来的。因为我的老家在南方，在那一年四季都有绿色的地方，最好看的时节，当然是春天。

一直以来，怀揣着离家后记忆里的一幅幅美丽的图画，多想回到那童年记忆里的美丽世界。今年，我准备在春节后休假，回到那梦里多少次重温过的乐园，回到那放飞我心灵的起点。

心里细想起来，已经有二十多年没有回到那块生于斯，长于斯的故十卜亲临春天的美丽景色，没有闻到那散发着醉人的泥土香和着花香的气息了。仿佛弄丢了我重返心门的钥匙，离家之后的心一直空空荡荡，婉若那飘零在天空的气球，不知道哪里是他可以停歇脚步的地方。

烟花三月，春江水暖，正是大好的拥抱自然，重返乐园的最好的时节。让我这游荡在外多年的游子，再一次难得地回到母亲的怀抱，回到我那温馨而富有童趣的儿时记忆里去。在没有亲临其景的时候，时光的步伐赶不上我记忆的曼延。现在想起来，那一幕幕儿时的春天的漫卷，不由我的控制一下就展开了。

家乡的油菜花，在我记忆里，是春天的代名词。每当春天的来临，让我最能很贴切地感受到春的脚步声，纵然春寒料峭，纵然小桥流水的声音越来越响，每当春天来临的时候，她总会不早一点，也不晚一点地一枝枝地点缀在满山遍野葱绿的田间和山头，开始一点一点，一片一片地慢慢展开春的笑脸，在不多的几天时间里，慢慢就融合成一片，满山遍野一下子完全将充满醉人气息的绿色象用超然的工夫用水洗成了金黄色，仿佛有万丈光芒从那里射出来一般。在她的带动下，其他的花儿不能自已，也相继开放，姹紫嫣红，山花烂漫。有紫灰色的胡豆花，有看起来在迎风飞翔的粉色和白色的豌豆花，多像一只只飞舞的蝴蝶，翩翩起舞。执着而专注地飞翔在那一片片，一丛丛茹茵的豌豆地里。

在正午十分，艳阳高照，在我的记忆里，春天的阳光可以照进我的肌肤，让我稚嫩的脊背能够感受到那烁热的春天的温度。往往在这个时候，顽皮的我，会找一个油菜花开得最茂密的地方钻进去，躲进别人不能发现，但还可以听到人们劳作时的声音的去处。地上的绿草已经很长地冒出泥土，娇嫩欲滴。和衣躺下，那平躺在绿草花阴间的感受，真是妙不可言的，一种只有你经历过后永生也不会忘记的记忆里深深的烙印。新鲜的泥土气息，扑面而来，带有潮湿的淡淡的嫩草的甜味的气息会将你包围成松软的温床，还会无声潜入已经单薄的衣襟里。油菜花儿的味道不会很浓，但飞舞其间，忙个不停的蜜蜂的嗡鸣却是你那快飘飘欲仙睡意绵绵时最优美的天然伴奏，自己仿佛就是一个花仙子，成了大地当然的主人。明月当空照，黄犬卧花荫的写照原来是这样的意境。浓郁的油菜花里射进一束束斑驳的阳光，在有些睡眼惺忪的眼帘构成一幅绝美的田园山水画。

那"春来不是读书天"的谚语，可能就缘于这醉人的气息，每年一季地享受着神仙日子的季节，谁还能游离于她的抚摩和拥抱之外？让年少时的我，每当春天来临的时候，是我一年中最放松，最享受潜藏在田野里花丛间的无限童趣和春意的融合，至今都让我还向往不已，回味不止。

　　长大了，远离故土，只有在自己的记忆里悠悠地过往悉数着那芳菲飘逸的春天，一次次，一幕幕，也会在经常不愿醒来的梦里再现，不时在枕旁洒满向往春天的呢喃。

流过故乡门前的青河

在小时候，很小的时候，我就知道了那条流过故乡门前的小河，在我能够记事的时候起，就伴随着我的童年，伴随着我走向山外，走向我不知道的远方和未知的世界。

那条不因季节变化颜色的河流，在我的记忆里，流淌着我童年里的欢乐和天真的忧郁，流淌着我成长日历里不尽的欢歌和梦想，绵延婉曲地流向远方，多像我成长路上伴随的旋律，还一直悠悠地回响在时常独处时的耳畔，牵引着我在平静的思绪里回味着五味的过去人生。

春江水暖的溪流，在我的记忆里，南方的冬末，依稀可见的冰凌在溪边如同一层薄纱，将已经活跃的溪水无为地放纵，温暖的溪流将岸边嫩绿的草芽抚摩得节节风长，春风用剪刀一样的天工将青青岸边梳理得长发飘逸，撒满原野的草香将沉睡一冬的鱼儿也诱出缓缓流动的水面。刚刚出窝的小鸭随着鸭妈妈一起踩破如织如梭的水面，他们是自然界里感受春天的先觉儿，一串串红掌青波在和谐地勾列出溪水里春的韵律，还有那已经醒来的一阵阵深远而悠扬的蛙鸣，在耐心地告诉人们这小河的春天已粉墨登场。

夏天的小溪如同我后来看过的皮影戏一般，在正午十分，一群群小鱼在清澈见底的溪中自在地漫游，皆若空游无所依，一会儿逆流而上，一会儿顺流而下，在儿时的眼里，我多想成为他们中的一员，那么自然，那么洒脱和悠闲。即使到了人生的现在，我也在一直向往着那样的境界。在夏季水流充沛的时节，在假期里用一束青草将我的牧牛逗进急流深深的溪流里，骑在牛背上的我在小心翼翼中让自己的赤脚划过急流的溪水，如同两个船桨在水里翻腾着。那时的我，一边在陶醉地享受着自然与生灵衍生出的乐趣，一边在不时地观望着西边的快要落山的夕阳。往往贪玩的天性和不听使唤的牧牛让我们每每走进斜阳落山的暮霭炊烟里。

秋天的丰硕在小溪里也不例外，往往在周末放学的时候，我们会拿着捕鱼的工具，渴望收获地来到小溪边，选择一个水流平静的河段，将溪流涓涓的小河截断，演绎着竭泽而渔的古典传说，在被快要枯竭的溪岸里去捉鱼儿，那是我们最欢快的劳动场面，是我永远也不会忘记的情景，在幼小的心灵里给我们赋予了劳动的乐趣和收获的内涵，每每在我经常回味的记忆里，怎么也不能抹去！

冬天，故乡的风景也毫不掩饰地衬托出溪流的羞涩，往日的清清奔流如同她脸上的笑容一样消失了。也许她在用特别的方式调整着自己生命的节奏，等待着来年的又一个生命的轮回。

可惜，三峡大坝的屹立，让故乡的小河，已经淹没在永远的汪洋里了。那一年一个春，一年一个秋的小河，在我的记忆里永远地静静流淌着，融合在我生命的长河里。

只有在梦里去追随，在记忆里去回味，那伴随我人生的永远的青河！

但愿每个人的心中都会流动着一条这样的河流，牵挂着，回味着，生命因此而灿烂光华！

转动记忆的风轮

在周末，刚好儿子没有功课，带着家人驱车去怀柔山里的农家乐小住一天，去感受山里的凉风，满山似火的红叶养眼不止，还有那夜里带着只有深秋的夜里才充满果实气味的山风吹进来，全然让我很不情愿地进入到秋夜的梦里去虚度这难得的境意。

离开的那天中午，我们吃了顿丰盛的虹鳟鱼，用两种方法烹调而成，烧烤和红焖，味道不尽一样，但都能不同的领略到这种很有个性的鱼儿味道的鲜美。它只能生长成活在有山泉的环境中，离开这样的环境，很快就会死去。也是让它成其为鱼中另类的一种自然境遇吧。

下山的时候，在盘山公路的路边，有一些山里的农妇在叫卖着一些只有山里才有的特产，但让我一眼看去就不能收回视线的风轮，他从我的记忆里久违了快三十年了，看到那迎风转动画出的优美的圆圈，吸引着我的眼球，但最让我视线不能离开的，是看到那风轮转动着我的记忆瞬间复活了，回到了我三十年前的孩提时代，回到了我那充满童趣的乡村田园之中，伴随着这一幅幅随车而过的满山看不尽的充满秋日诗意的景致，让我回转到时光的记忆里。

通常是在放学之后的暑假，假期漫长而充满着夏日的酷暑闲散。在午间，大人们都各自午睡了，这通常是秋收前的一段闲暇的日子，茂密的稻子正在烈日的烘烤下成熟着营养人们的最精彩的养分，高粱也在烈日的照射下被自己成熟了的充穗压弯了高傲细长的脖子，更显出那优美而富有曲线的细长的曲项，对着抚育自己的大地在风的抚摩下不停地颤动。一阵阵悠扬的蝉鸣在茂密的绿叶间传来，可惜那时无知的我还不知道他的大名就是知了，现在想起来真有些可笑和无知。漫长的正午十分让我按捺不住自己的好动。去捉知了？可我不敢爬的太高；去捉蜻蜓？可惜它飞得太快太轻盈，但偶尔也有捉到的时候，但通常合在释放它的时候在它的尾巴上插上一支干枯的狗尾草，让它飞起来时候活像一架轻盈的直升机，忽高忽低，乐呵呵地注视着它飞向远方，飞向那目光尽头的未知世界。

走进田野,去看看能不能发现自己感兴趣的何物吧!

青蛙只有在夜间最能让我容易抓住,推磨虫一般在山上的青冈树上最多,可惜现在天太热了,没有勇气冒着酷暑上山了。早晨是捉推磨虫最好的时机。捉到虫子玩起来时把它的一只腿用线拴起来并连着一块被拴着的小石头,它就会天性地以小石头为中心旋转起来,那可是很有乐趣的一道景象,充满烂漫的童趣。泥鳅也只有在夜雨之后涨水的地方最多,午间正是它们钻入泥土大睡的时候,现在也看不到它们的一点影子。

不知什么时候,山风吹起来了,吹出稻田里绿毯如茵的碧浪,一层层,一圈圈,波浪着传向稻田的岸边,不时还飘来一阵阵稻香。不知何物被风吹打到我头上,引起了我的注意,是一枝高粱,我很快抓住了它,随即用口袋里的小刀割了下来,向家奔跑回去,取来大人们用来做农具的竹条和用旧的课本,一阵工夫过后,一个灵动的风轮出现在我的手里,晃动着,飞旋着,一个个美丽的圆弧不停地转动着。

手里拿着风轮,冲向田野,冲向那充满绿色的世界,奔跑在烈日照射下的田间小径上。一个少年，穿着背心，执着地跑向远方，跑向那充满许多未知的世界。那里，有他熟悉的乡野，那里，有他许多充满未知的乐园。一个阳光少年，是去捕捉阳光？还是去释放那一身的少年英气，还给乡野，还给自然？当时的我，浑然不知，也不会去思考这样的问题。

充满绿色的童趣，饱含阳光的童年，那是我的童年里一个个不断让我回味的记忆瞬间。

看着坐在我身边向窗外不停张望的儿子，身在都市水泥城市里的他，他的童趣是什么，他的乐园在哪里，我在一次次地问着自己，也不停地看着他。不知道他能否知道我在为他关心的问题。

可能最大的差距在于，他能够知道很多书本上的东西，比如知道知了的年龄比我早，也可能他不知道那就是蝉。刚好和我相反，多么枯燥和单调的童年。

回味着我的童年，思考着他的童年。在有些飘忽的车厢里，一会就睡梦起来。

不知过了多久，车到家了，回到了那个没有知了和风轮的空间，虽然也一样充满着温暖和欢乐。

虫子：杜医生，托尔斯泰说过这样一句话："幸福的家庭都是相同的，不幸的家庭各有各的不幸。"看了此篇文章，很是羡慕，除了佩服医生的医德以外，还有才华，还有医生的为人。我曾在好多报纸杂志上看到医生的一篇医德宣言，当时转载在好多医学美容杂志上，不愧是北京黄寺美容医院的医生，很钦佩。看了医生另外的两个网站，感到学术性还是非常强的，在美容手术上领先了很多美容医院和美容机构，特别是知识运用方面有很大的创新和突破，是让人相信的美容医生和美容医院。有机会我一定介绍给我的爱美的朋友！ 谢谢读了你的文章，祝事业家庭幸福！

夜来香

　　每天晚上，在静静的夜里，在橘黄的灯光下，读着自己喜欢的书，是我近十年来已经养成的习惯。这几天的夜里，天气格外凉爽，秋风在夜里吹来，一阵阵，不时吹落早黄的树叶，那是在剧烈的树枝摇曳之后的景致，生命是如何眷恋生于斯长于斯的曾经茂密的枝头，生命在往复着曾经美丽的经典，待到来年再次吐芳，山花烂漫的时节，就又回到从来的生机和翠绿。

　　为了在秋夜里尽情地享受秋风的清凉，不由打开隔着纱窗的玻璃窗，让清新的秋风自在地吹进来。在隐隐约约之间，我感受到了一股记忆深处的幽香，仔细地感受，不是幻觉，是一种现实中确实有的气息，进入了我的身边，来到了我的世界，是夜来香，一种久违了的气息，浓郁中带着悠远的暗香，仿佛是从记忆深处焕发出来的幽香，仿佛是从遥远的烟雨深巷中走出来的身影，越来越清楚，越来越浓厚，就是这样的感觉，在我的记忆深处，多少次地有过，多少次地经历着我年少时的成长的脚步。

当然，只有在夜里，才能领受这夜来香轻轻地魅力，但往往是在漆黑的夜里，她给你的感觉最生动，最悠久，最让你在不经意间感受她遥远地存在并独居一隅地漫漫释放着她的清香，让你在每一个夜里经过她身边的时候，你都会留下脚步，停留在她芬芳四溢的气场里，让你带着她进入你人生漫漫的记忆深处里，可能永远也不会忘记这样的感受。

至今我还记得第一次与她偶然相遇的清晰记忆，那是我还在上中学的时代，一个暑期刚刚结束的时候，在夜里，和同学在晚自习休息的间隙，一同在操场上漫步，夜风在山涧飘流，因为家乡是典型的丘陵河谷地带，我们的学校也顺山势而建。夜里秋风凉爽，在入秋的时候已经能够感受到寒意袭来，但一阵久未亲历的芬芳全然让我们忘记了眼前的一切，年少的我们还不知道这来自何方的香物是何物，夜里感受的气息在白天却又荡然无存，这让求知欲正旺的我们一时还找不着答案。

最后，还是生物老师告诉了我们那是潜藏在夜里，一直在滋养着我们年幼的心的夜来香。这样的气息，伴随着我们走过一个个飘香四溢的秋天的夜里，伴随着我们走过的一个个未知变成有知的阶梯，也伴随着我们在记忆深处一次次地回翻着记忆的日历。

现在身居闹市，身居独处是一份难得的幽静，每当在这夜里万籁齐鸣的时分，那悠悠的夜来香，随风潜入我的夜里，也随风潜入我的心里，也一并潜入我往事如烟的记忆里。

暗香如风的夜来香，牵动着我记忆里的影子，让我走进自己的世界，徘徊在一个个让我陶醉的瞬间。

花儿：只有记忆里的自己才是最真实的自己，值得回味，作者的童年让人羡慕！（是的，童年的记忆给人的影响是最深刻的，不管他身在很方，在什么时候！悠悠的记忆会给他带来美好，带来力量！）

梦里依稀的夜雨

　　小时候，记得还在上小学的时候，秋天里，多雨的时节，通常在故乡的夜里，但往往是在静静的夜里开始的。

　　小山村傍山而建，周围绿树成荫，房前屋后，掩映在仓松翠柏之中，但南方的竹林是最特色的风景，是美丽的山水画里的主旋律。零零落落，枝节高雅，一个个比试着各自的清雅和高洁。每当夜雨来临之前，来自嘉陵江的山口河谷的山风是其必然的前奏，时而劲猛，时而温厚，如同一曲交响乐在自然大师的指挥下挥洒的演奏。不时从远处的天边划过一阵阵闪电，如同顽皮的孩童每逢佳节时玩耍的烟火。风在不停地变换着节奏和强度，闪电之后的巨大雷鸣，是每个顽皮的学童既乐意听到，又往往在雷鸣传来的瞬间像小兔子般地躲到门后，用手捂着耳朵，从门缝里窥探这仿佛末日就要来临的世界。

听到雨声的来临，现在回想起来是一件记忆犹新的时刻。

雨很快就淅淅沥沥起来，夹着一阵阵的山风，吹过竹林的窸窸窣窣的声音和着落雨打在屋瓦上的叮叮当当的声音，还有屋瓦上的水流从屋檐潺潺流下的声音，在这秋日的夜里，是我慢慢进入梦乡的一曲非常优美的大自然主宰的山涧小唱，伴随着我悠悠地进入一个个充满童趣和向往的梦里，伴随着一年又一年成长的夜雨，带着夜雨里无数个梦想，走出我不断产生梦想的山村，至今在我依稀的梦里和夜雨的泥泞的小路上，还留下越来越大的脚印，一只只地蔓延着通向远方，通向我现在的脚下。

现在想起来，最快乐的还是第二天早上起来，提着笆篓，和小伙伴们一起欢快地跑向那金黄色的稻田，沿着田边小径，那一个个充满稻香的田边，在那水流如注的缺口往往是泥鳅最多的地方，从稻田里被流水溢出来的泥鳅，中午就成了奶奶给我们做好的等我们放学回来的美餐。

手术刀下的墨香

　　小时候，在我那缺书少墨的年代，一本我爱不释手的《儿童文学》经常翻阅在我暑期的桑荫下和小河流水的青青岸边，牛儿在低头专注地啃着嫩绿的青草，留下的脚印不时牵引着我的视线，我不时收起爬行在书上如牛对青草眷恋那般视线张望着我的牧牛。从那时起，走过田野，也在寻找着自己的乐园，当然是在读了鲁迅的《从百草园到三味书屋》的课文后的收获，但走过一片又一片的田野，走过了一个又一个的村庄，直到上中学时离开家的时候，也没有出现那有着童年眼里的何首乌和木莲，美女蛇就不敢想象了，尤其可怕的是那站在墙头突然出现对着月色下读书的书生掩面一笑的情景，经常在童年的记忆里是最害怕的一幕。即便是宛然一笑，那也是很可怕的，现在想起来，也还纵然有毛孔收缩的效果。

上中学后，杨朔笔下的桂林山水和甜蜜的荔枝仿佛梦里见过尝过，朱自清那留给我记忆里的洒满月光的荷塘和在离家时父亲的背影也依稀在梦里经过，沈从文《边城》里翠翠抛进沱江的鱼尾纹纵然岁月流逝还依然荡漾在奔流的江面上。最让我至今不能忘记的那游弋在柳宗元笔下的小石潭里的自由自在的如空游般的小鱼，那如何不是自己一直在追求的人生境界啊。上大学离开家乡逆嘉陵江而上也传来了鲁迅离家时的那般船底的水流潺潺声。只是那时我在离家时没有母亲陪着，更没有宏儿的鼾声，一个人走出山外，逆流而上的嘉陵江，带着我走向远方，走向那未知的世界。

经历了一个个的变故，遭遇了一个个不断的历练，走过一道道风景满布的山梁，让我的文字漫漫释放着充满回味和忧郁的墨香出现在远方飞来的纸片上，在不知不觉之间，让一个有着墨香的情怀装进了一个医者的胸膛。这是我没有想到，也没有准备好的一个人生境遇。

在经历我苦苦求索的漫漫长路后，终于有一天，我拿起了那富有魔力的手术刀，画在一个个求美女人的脸上，那里充满人生的变故，那里包含着一些人生的沧桑。在不时地全神贯注之间，偶然发现她们那时的脸上流下了热切的泪水，可能那是对未来的期盼与等待的表达，告别一个让她们不再回首的瞬间正在我的手术刀下潜移默化？可能那是在期望我的手能让她们经历一次早就期盼的蝉变？还是在期盼一个崭新的未来？可能都有这样的意绪，复杂的人生经历让她们来到了无影灯下，带着充满对人生的美好愿景。那里，有如凤凰涅槃，那里，有如山水之间的彩虹幻化，那里，流淌着手术刀划出的一滴滴充满墨香的诗文，她们是抒发的载体，是一个个在字里行间流动的字符，让灵秀的手术刀串起了犹如珍珠链的圆润和流畅。在我的指尖流过，在我的纸上留下，饱含墨香。

无影灯下走过一个又一个美丽的身影，远方不时传来如银铃般的爽朗的笑声，那是在经历了一次风雨洗礼后的美丽，那是在风雨之后的彩虹幻化，更是那充满魅力的手术刀留下的阵阵墨香在不断地经久释放，那是一篇篇美丽的诗文在我的指间不断地流淌。

我的右手，同时握着手术刀和笔，画出双痕的印迹。幻化出不同的美丽经典，流淌出一篇又一篇与美丽说不完的感人故事，都会充满墨香。

天生爱美丽：关心"全面部提升术"已经好久了，为此我跑遍了我所在的上海的各个大大小小的整形医院，咨询了无数的大夫，却一直下不了手术的决心，相信所有的姐妹们都会有和我一样的心情，既希望能自己变得年轻漂亮，又不希望在脸上留下手术痕迹，还希望能够维持效果长久。就在我几乎想放弃手术念头时，偶然的机会让我在网上了解到杜大夫的小切口全面部提升术，在通过进一步的电话沟通后，我做出了去北京找杜大夫的决定。我孤身一人来到了北京，虽然是初步选定了杜大夫，但是心中还是存有疑虑，怕手术效果不如预期想象的那么好……在和杜大夫面谈后我很快打消了各种疑虑并在当天做了手术。现在手术已经过去了一个月，我很满意自己现在的模样，每天早晨我都会在镜子中看很久，仿佛自己又回到了十年前.现在的我脸上没有皱纹，眼角微微上提，最让人开心的是除了我的两个密友，其他人都惊异于我变漂亮又精神了，但是却不知道我到底是哪里变了。

在这里我要感谢杜大夫，正是他的高超的医术使我重新找回了青春的感觉。在我住院的四天三晚其间，杜大夫的敬业和对病人高度负责任的态度也让我非常感动，因我急着要回上海，杜大夫连续两个晚上很晚了还过来看我的伤口恢复情况，亲自为我擦洗伤口并及时调整我的后续用药。在这里我要衷心感谢杜大夫，正是他高超的医术使我重新找回了青春的感觉。

花海之外：时光易逝，岁月匆匆，当若干年后，再次打开尘封的记忆，手术刀留下的墨香定会幽幽的飘散开来，弥漫心间，浸润心扉，回味悠长。愿手术刀留下的墨香，愈久愈浓郁，愈远愈香醇。

秋水伊人：在电脑前工作了一天，休息的间隙忍不住打开杜医生的博客，啊，多么惊喜，又一篇美文呈现在眼前！读着读着犹如一股清泉注入心间，让自己混乱的大脑也净化了很多。显然，杜医生是一位颇具诗人气质的医生，有一双善于发现美的眼睛和一颗善于感受美的心，这是多么难得！看了这篇文章才得知，原来杜医生和我一样中学时代都是《儿童文学》的忠实读者，我那时曾经连续订阅了好几年的《儿童文学》，每次书一到，我宁愿不吃饭也要一口气读完，非常着迷。杜医生对《从百草园到三味书屋》的感受，竟然和我如此相像，值得庆贺，今天遇着知音了。

后记

　　我的《美丽有约》网络杂志www.dutaichao.com从2004年8月登录网络以来，经过几次大的改版，不管形式如何变化，其间的人文灵魂和情趣始终洋溢其间，也是无数流连于这里的朋友每每称道的看点。

　　跨越十二年的光阴，从第一篇《梦里依稀的夜雨》开始，积攒多年的意绪如潮水般涌来，我猝不及防，每每在网络世界里出现，一篇又一篇的文字如同磁石一般，四面八方的读者慢慢聚集在美丽有约网络杂志里的小小角落里，让我感动不已。

　　在繁忙的工作之余，夜深人静的时候，静下心来，写下心里首先让自己感动的文字，如同和读者分享一杯久藏的美酒。

　　我从事的职业，不仅仅关乎技术，更多地需要用人文的情怀，温情的交流互动去化解一个个内心矛盾和纠结的求美者。看似凝固的文字却可以在无边无际的网络世界里尽情地发挥文字的张力，化解一个又一个忐忑忧郁的情结。

沉淀了十多年的心情文字，有的反映自己的心灵世界，有的关乎职业随想，有的关乎自己这一路走来的山高水长，想集结成书的冲动越来越强烈，终于有一天，在一点一点收集整理成形的时候，我又出发到了那个八一南昌起义闹革命的城市，启动了出版的节奏。

我不是专业的文字工作者，可能仅仅谈爱好都不敢，因为我就没有用功夫和时间去琢磨和精进文字的表达，仅仅是一种天然的原生态的自己内心倾诉欲望的文字。如果要认真追究起来，可能和我念高中以来就喜欢阅读《读者》有一点关系，一直到现在，每每在约定的日子，每个月两次步行去买来阅读，是我近三十年来风雨无阻的习惯。

在字里行间，我还是想保留一些我的职业特点和习惯，在一些文章的结尾，节选了一部分网络杂志里的读者的留言作为互动的启示，也请原谅我在这里仅有的一点特权得到发挥了。不过，可能也算一个医生出版一本散文集时，散发医者情愫的一个特点罢了。

看似冰冷的手术刀，留下如许的文字，大概也就是这本散文集辗转到你手里吸引你阅读的魅力所在吧！

2016年初冬于北京